붉은

열대어

붉은 열대어

김나영 미스터리 스릴러

고즈넉이엔티 GOZKNOCK ENT

붉은 열대어

초판 2쇄 발행 2019년 5월 29일

지은이 김나영
펴낸이 배선아
펴낸곳 (주)고즈넉이엔티

출판등록 2017년 3월 13일 제2018-000115호
주소 서울시 중구 퇴계로26길 52 1층
대표전화 02-6269-8166 **팩스** 02-6166-9199
이메일 gozknock@naver.com

ⓒ 김나영, 2019
ISBN 979-11-6316-039-7   03810

이 도서의 국립중앙도서관 출판예정도서목록(CIP)은 서지정보유통지원시스템
홈페이지(http://seoji.nl.go.kr)와 국가자료공동목록시스템(http://www.nl.go.kr/kolisnet)에서
이용하실 수 있습니다. (CIP제어번호: CIP2019006763)

차례

우린 거길 대숲이라고 불렀지

나쁜 짓 하기에 딱 좋은 곳이었거든

프롤로그

4월은 봄이라는 말이 무색하게도 몹시 추웠다. 꽃샘추위가 매서울 거라던 기상캐스터의 말이 영 거짓은 아닌 듯했다. 단정하게 머리를 묶은 김간호사는 팔을 문지르며 하늘을 올려다보았다. 비가 올 것처럼 날이 흐렸다.

마주오던 동료 간호사가 눈인사를 건넸다. 김간호사는 간단히 목례를 하고 자리를 옮겼다. 병원 건너편 편의점이 김간호사의 목적지였다.

그녀는 에너지드링크를 하나 산 다음 편의점 안의 포밍 테이블 앞에 섰다. 그곳에 잠시 멈춰 맞은편 대한대학병원을 보았다.

그녀가 대한대학병원에서 일을 한 지도 어느덧 3년이었다. 길다고 할 수는 없지만 대학병원으로 취업을 나갔던 동기들과 비교하면 꽤 오래 버티는 중이었다.

에너지드링크를 한 모금 마신 그녀는 피곤한 눈꺼풀을 밀어 올리며, 병원 업무의 고단함에 대해 털어놓던 동기를 회상했다.

실습할 때만 해도 교수들의 칭찬을 한몸에 받던 친구였는데…….

"난 도저히 못 버티겠어. 이게 뭐야, 내 피 수혈해서 환자들 살리는 기분이야."

동기이자 함께 대한대학병원에서 일을 했던 정간호사는 야간근무를 하는 날이면 데스크에 앉아 종종 불만을 토로했다.

"넌 어쩜 얼굴색 하나 안 변하고 일 해?"

"그냥 버티는 거지."

"버틴다고 버텨지는 게 대단한 거야. 넌 정신력이 강한가 보다."

"그런가?"

정신력. 내가 정신력이 강하던가?

김간호사는 학부생 시절 실습하던 때를 생각했다. 생전 처음 사람의 몸에 날카로운 주삿바늘을 꽂던 감각, 살을 찢고 그 틈으로 파고 들던 생경하고 불쾌한 느낌. 헛구역질을 참아가며 바늘을 꽂았다 빼고 지혈시키는 행위의 반복.

꾸역꾸역 참아낸 일들을 정신력이라 부를 수 있을까?

결정적으로 정간호사가 일을 그만둔 이유는 불면증 때문이었다. 꿈만 꾸면 801호실의 남자가 나타난다고, 정간호사는 자주 호소했다.

김간호사는 정간호사를 진정시키고자 시시한 농담을 나눴다. 주로 가볍게 웃을 수 있는 말장난에 대한 내용이었다.

농담거리가 떨어지면 병원 복도는 다시 숨소리가 거슬릴 정도로 조용했다.

801호실의 남자.

정간호사의 눈은 자주 복도 끝 801호를 향해 멈춰 있었다. 비상등이 켜져 있음에도 무겁고 축축한 기분이 드는 곳이었다.

그곳에 코마 상태로 잠들어 있는 남자는 세 명의 여자를 죽인 용의자였다. 돌연 자신의 아내와 함께 추락사고로 식물인간이 된 상태였으며, 지금 당장은 그녀들이 돌봐야 할 환자였다.

간호사로서 당연히 해야 할 일인 걸 알면서도 야간근무를 서는 간호사들은 너나 할 것 없이 801호를 꺼렸다. 이해할 수 있는 일이었다.

"소름 돋아! 경찰이라도 지키고 있어야 하는 거 아니야?"

정간호사는 낮이라면 하지 못했을 말을 고요한 밤에는 거리낌 없이 뱉어냈다.

김간호사도 801호실로 향할 때는 자기도 모르게 심호흡을 하고는 했다.

한 걸음 내딛을 때마다 적막한 병원 복도에 신발 소리가 유난스레 울려 퍼졌다. 그게 꼭 심장박동 소리 같다고 생각하는 사이 걸음은 이미 병실 앞이었다.

한태현

병실 옆에 적힌 이름을 확인하면 등이 긴장으로 뻣뻣하게 굳었다.

손잡이에 손을 올리고 고개를 돌려 데스크를 보면, 자신을 바라보는 정간호사의 얼굴이 보였다.

김간호사는 천천히 손에 힘을 주고 문을 밀었다. 어두운 병실 안에서 남자의 숨소리가 들렸다. 스탠드 불빛이 남자의 얼굴을 밝히고 있었다.

병실 안으로 발을 옮기면서도 그녀는 문을 닫지 못했다. 문이 닫히는 순간 남자가 스르르 몸을 일으켜 앉을 것만 같았다.

남자의 상태를 확인하는 동안에도 자꾸만 발끝에 힘이 들어갔다. 의식이 없는 남자에게선 공포의 냄새가 났다.

이제는 익숙한 일이지만, 당시만 해도 김간호사에게 한태현이라는 남자는 공포 그 자체였다. 혼수상태였음에도 팔에 문신처럼 돋아난 핏줄을 볼 때면 한태현이 꿈틀거리며 깨어나는 착각을 하고는 했다.

하지만 그것도 1년이었다. 1년 동안 남자의 병실을 들락거리며 그녀는 천천히 등의 근육을 풀었다. 남자는 계절이 바뀌는 동안에도 아무런 반응이 없었다.

가끔씩 상태 확인을 위해 찾아오던 경찰들도 1년이 지나자 포기한 듯 전화로만 안부를 물어왔다. 그 사이 정간호사는 병원을 그만두었고, 남자와 함께 코마 상태에 빠진 남자의 아내는 1인실에서 다인실로 옮겨졌다.

소문으로만 듣던 남자의 아내, 이서린을 처음 본 건 그녀가 다인실로 옮겨진 지난 가을이었다.

이서린에 대한 소문은 한태현만큼이나 흉흉했지만 김간호사는 그녀가 안쓰러웠다.

살인사건 용의자의 아내.

단지 그 이유만으로 이서린은 공포의 존재처럼 여겨졌다.

그녀는 이서린을 공포의 존재로 밀어붙이는 다른 간호사들의 말을 들으며 힘줄이 돋아난 한태현의 팔을 생각했다.

다들, 진짜 공포가 뭔지도 모르는 주제에.

그들의 말에 들어 있는 공포란 기껏해야 앙상하게 마른 여자가 새벽이면 움직인다는 허무맹랑한 것이었다.

이후 그녀는 맡고 있던 8층을 떠나 5층으로 자리를 옮겼다. 그리고 그곳에서, 이서린을 만났다.

소문 속의 여자는 사람을 셋이나 죽인 남자의 아내로는 보이지 않았다. 오히려 그의 손에 붙들린 피해자로 보였다. 그만큼 여자는 앙상했고, 안쓰러워 보였다.

그녀는 상태를 확인하기 위해 이서린의 얼굴을 자주 들여다보았다.

이서린은 아름다웠다. 볼품없이 말라 있기는 했지만 예뻤다는 말로는 모자란 우아함이 서려 있었다. 눈을 뜨고 조금 더 건강해진다면 분명 엄청난 미인이라고, 그녀는 이서린을 향해 자주 되뇌었다.

편의점에서 돌아와 5층에 도착하자 데스크에 이간호사가 있었다.

"경찰서에서 전화 왔어. 이서린 환자 물어보던데?"

"네, 제가 확인하고 전화할게요."

김간호사는 익숙하게 대답한 뒤 503호실로 향했다.

아침 일찍 퇴원한 두 명의 환자 때문에 503호실은 다른 병실에 비해 한산한 편이었다.

병실에 들어선 김간호사는 낮잠을 자는 다른 환자들을 둘러보았다. 병원에서 침상의 환자들이 할 수 있는 일은 별로 없었다. 대부분의 환자들은 텔레비전을 보며 하루를 보냈지만 그마저 여의치 않을 땐 잠으로 하루의 반을 보내고는 했다.

김간호사는 비어 있는 두 개의 침대와 잠든 세 명의 환자들을 눈으로 확인한 뒤 창가로 걸음을 옮겼다.

이서린이 한태현과 대한대학병원에 실려 온 지도 벌써 2년이었다.

눈에 띄는 외상은 없어졌지만 그들의 정신은 여전히 무의식의 세계에 머물렀다. 김간호사가 그들에게 익숙해진 것처럼, 한태현과 이서린 역시 병원에 익숙해진 건지도 몰랐다.

"바이탈 체크 좀 할게요."

하얀 침대 위, 이서린은 도화지에 그려진 그림처럼 미동 없이 누워 있었다.

"다 정상이네요."

깨지 못하는 것만 빼면.

습관처럼 말을 건 김간호사가 뒷말을 삼킨 채 뒤를 돌았다.

데스크로 가 경찰에게 전화를 하고, 여전히 혼수상태라는 말을 전하면 끝이었다. 8층의 상황도 비슷한 터였다.

김간호사는 병실을 나서기 직전 다시 한 번 환자들을 살폈다. 중병의 환자들은 아니지만 사람의 몸이라는 게 갑자기 어떤 일이 벌어질지 몰랐다. 특히나 병원은 더 그랬다.

김간호사의 시선이 차례차례 훑고 지나갈 때마다 심장박동 소리가 쿵쿵 울렸다. 느껴본 적 있는 긴장감이었다.

마침내 김간호사의 시선이 이서린에게로 향했을 때, 심장이 작동을 멈춘 것처럼 쿵, 하고 내려앉았다.

8층 남자의 아내.

이서린이 자신을 보고 있었다.

1부

장 잘하는 일이었다.

스크린에서 비상 안내 영상이 나오고 이내 불이 꺼졌다.

고르고 고른 영화였지만 재미는 없었다. 내용은 뻔했고, 결말은 지루했다. 지성은 크게 입을 벌리고 하품을 하며 빈 옆자리로 고개를 돌렸다.

올해 열세 살이 된 아들은 자신보다는 전처인 수영을 더 많이 닮은 아이였다. 4년 전 이혼할 때만 해도 제법 자신을 닮았던 아이는 조금씩 엄마인 수영과 비슷해졌다. 지성을 멀리했고, 미워했다.

한 달에 한 번 아들과 영화를 보라고 조언한 건 수영이었다.

헤어지기는 했어도 그녀와 사이가 아주 나빴던 것은 아니었다. 수영은 바쁜 지성을 대신해 아들에게 엄마이자 아빠의 역할을 충실히 해냈다. 지성이 양육권을 포기한 이유도 그 때문이었다. 자신은 하지 못한 일을 수영은 해냈기 때문에.

두 사람이 법적으로 완전히 남이 되던 날, 지성은 수영에게 미안하다고 사과했다. 범인 핑계, 사건 핑계를 대고 많은 거짓말을 했지만 사과만큼은 진심이었다.

애가 힘들어 해. 만나서 할 말이 없으면 같이 영화라도 봐.

전화를 건 수영이 그렇게 말했을 때 지성은 아들의 동그란 눈을 생각했다.

집을 나오던 날 현관에 서서 자신을 보던 눈이 잊히지 않았다. 수영의 전화를 끊은 후에 그는 아들에게 전화를 걸었다. 긴 신호음이 이어진 뒤 전화를 받은 아들은 아무런 말도 하지 않았다.

지성은 아들에게 만나서 밥을 먹자고 조심스럽게 말했다. 약속을 잡고 식당으로 향하는 길에 지성은 몇 번이나 대화할 내용을 정리했다.

오랜만에 만난 아들은 입을 다물고 지성을 보았다. 식사를 하는 내내 누구도 입을 열지 않았다. 영화를 보자고 한 건 지성이었다. 식당 건너편에 있던 극장으로 아들을 끌고 가 상영하는 영화를 골라 함께 영화를 보았다. 나중에야 수영을 통해 아들이 이미 본 영화라는 걸 알았다. 착잡한 기분이었다.

그 후로도 지성은 전화를 걸었고, 아들은 말없이 전화를 받았다. 한 달에 한 번, 둘은 팝콘을 사서 영화를 보았다.

불편한 만남이 중단된 건 아들이 전화를 받지 않기 시작한 지난 3월부터였다.

처음엔 개학을 해서 바쁜 걸로 생각했고, 그 다음엔 친구들을 사귀느라 그런 거라고 여겼다. 늦겨울이 봄이 되는 동안 지성은 아들의 응답을 기다렸다. 아들에게선 아무런 연락이 없었다.

영화는 아들이 좋아할 만한 애니메이션이었다. 지성은 주인공이 시련 끝에 성장하는 것을 보며 하품했다.

아들은 왜 이런 영화를 좋아할까.

옆자리에 있었어도 묻지는 못했겠지만 지성은 아들에게 묻듯 입술을 움직였다. 왜 이런 영화를 좋아하니. 아들은 뭐라고 대답했을까. 항상 그런 것처럼 입을 다물고 지성을 보기만 했을까. 아님 왜 좋아하는지에 대해 이야기하고 영화를 이해하지 못하는 지성을 나무랐을까.

여러 가지 상황을 상상하는 동안 영화가 끝나고 불이 켜졌다.

기지개를 켠 지성이 자리에서 일어나 계단을 내려갔다. 아들과 함께였다면 다 먹었을지도 모를 남은 팝콘이 아까웠다.

극장을 나온 지성이 핸드폰을 꺼내 전화 대신 문자를 남겼다.

잘 지내니, 왜 연락은 안 받니, 무슨 일 있니, 학교에서 괴롭힘은 안 당하니…….

지성은 묻고 싶었던 말은 모두 숨긴 채 오늘 본 영화의 제목과 감상평을 짧게 적어 보냈다.

무거운 마음으로 핸드폰을 보던 지성이 고개를 들어 하늘을 보았다. 비가 올 것처럼 날이 흐렸다. 꽃샘추위 타령을 하던 기상캐스터의 말 때문인지 바람도 차게 느껴졌다.

"여보세요?"

상념에 잠긴 지성을 깨운 건 한 통의 전화였다.

상대방은 정중하고 담담한 목소리로 이서린이 깨어났음을 알렸다. 멍한 얼굴의 지성이 잠에서 깬 듯 인상을 구겼다.

이서린.

기억 속에 묻어두었던 여자의 이름이었다.

3

신도시 개발로 지어진 지곡동은 서울 접근성이 용이하다는 점을 빼면 큰 메리트를 찾을 수 없는 곳이었으나, 고급 타운하우스들과 주택들이 지어지면서 학군이 형성되고 상권이 생겨났다.

투자가치가 있다고 판단한 중개업자들이 지곡동으로 모여들었고, 한적한 주택을 찾던 사람들의 이목 역시 지곡동으로 쏠렸다.

그들로 인해 집값은 서울 중심부를 웃돌 만큼 치솟았다. 사람들은 계속해서 지곡동을 주시했다. 지역 국회의원들은 앞 다투어 지곡동을 '안정된 주거지역'으로 홍보했다. 모든 게 완벽해 보이는 곳이었다. 한 달 간격으로 세 명의 여성이 살해된 채 발견되기 전까지는.

첫 번째 피해자는 2016년 5월 20일 새벽, 지어진 지 얼마 안 된 지곡동의 오피스텔 주차장에서 발견됐다.

신고자는 오피스텔에 거주하던 남성으로, 야근을 마치고 귀가해 주차하던 중 발견해 신고했다고 진술했다.

출동한 경찰은 바닥을 향해 엎드린 상태의 피해자를 돌아 눕혔다. 피해자의 이마는 여러 번 바닥에 부딪힌 듯 검게 멍들었고, 목을 조른 흔적이 있었으며 후두부가 둥글게 함몰돼 있었다.

경찰은 곧장 관리인을 불러 CCTV를 확인했다. 주차장에 설치된 두 대의 CCTV는 각각 입구와 출구를 찍고 있었는데, 두 카메라 어디에서도 피해자의 모습은 보이지 않았다.

관리인을 통해 피해자가 오피스텔에 거주하는 여성이라는 걸 들은 경찰이 곧장 피해자의 집으로 갔고, 그곳에서 신원을 확인할 수 있었다.

피해자는 스물네 살의 대학생 강미라.

두 달 전 안전 문제를 이유로 대학 근처 하숙집에서 오피스텔로 이사 왔으며, 몇 년 전 강미라의 속옷과 옷, 화장품 같은 게 없어진 적이 있어 신고한 적이 있다는 게 유족의 설명이었다.

경찰은 피해자의 옷과 지갑이 그대로였다는 것과 성폭행 흔적이 없다는 점을 들어 면식범에 의한 살인으로 수사의 방향을 잡았다. 처음엔 신고자를 용의자로 두기도 했으나, 알리바이와 CCTV 영상을 통해 수사선상에서 제외시켰다.

언론은 지역신문을 제외하곤 크게 관심을 가지지 않았다. 사람들은 매일매일 죽이거나 죽었고, 대상은 천차만별이었지만 죽음의 이유는 대부분 둘로 나뉘었다.

돈과 치정.

경찰을 포함한 지역 주민들은 이 사건을 치정에 얽힌 살인사건이라고 생각했다. 수사망은 강미라의 애인과 지인들로 한정됐다. 경찰은 범인을 잡을 수 있을 거라 자신했다. 그 예상이 깨진 건 한 달 간격으로 연달아 두 명의 피해자가 더 발견된 후였다.

두 명의 피해자는 열아홉 살 이유리와 열일곱 살 안소리.

둘은 지곡초등학교 운동장과 공사 중이던 산책로에서 목이 졸린 흔적과 함께 이마에 멍이 들고, 후두부는 둥글게 함몰된 상태로 발견됐다. 그들 역시 옷을 입고 있었고, 성폭행 흔적은 없었다.

세 사람은 지곡동에 거주한다는 점을 빼면 나이도, 학교도, 생활 패턴도 달랐다.

돈도 치정도 아닌 살인사건.

제3의 이유로 살해된 이들에게 언론의 조명이 쏟아졌다.

한 달 간격이라는 특성이 더해지자 언론은 '연쇄살인'에 대한 가능성을 언급하며 지곡동을 흔들었다. '안정된 주거지역'이던 곳이 '연쇄살인사건 지역'으로 변모하는 건 시간문제였다. 경찰서장은 직접 나서서 연쇄살인이 아니라 주장했지만 사람들의 의심은 사그라들지 않았다.

같은 범행 수법에 비슷한 나이대의 피해자들. 사건 사이의 간격이 짧다는 걸 문제로 든 범죄학 교수로 인해 주민들의 원성이 커졌고, 경찰은 급하게 팀을 꾸려 사건을 조사하기 시작했다.

4

대한대학병원에 도착한 것은 오후 여섯 시가 막 지난 무렵이었다.

지성은 5층에 내리는 순간까지도 이서린이 깨어났다는 사실이 믿기지 않았다. '이서린'이라는 이름을 입안에 넣고 가늠하면서도 지성의 감각은 허공에 떠 있는 것처럼 가벼웠다.

추락사고 현장에서 한태현과 함께 발견된 여자.

한태현의 아내이자, 사건에 대해 알고 있을 여자.

이서린은 분명, 지성이 기다렸던 두 사람 중 한 명이었다.

"김지성 형사님 맞으시죠?"

데스크 앞에 서 있는데 간호사가 다가와 이름을 불렀다. 고개를 끄덕이자 유난히 하얀 얼굴의 간호사가 손을 들어 뒤를 가리켰다.

"이서린 씨 재활 중이에요. 따라오세요."

지성은 간호사의 뒤를 따랐다.

단정하게 머리를 묶은 간호사의 뒷모습이 꽤나 단호하게 보였다. 지성은 이서린을 떠올렸다. 마지막으로 그녀를 보았을 때, 체격이 앞서 걷는 간호사와 비슷했다.

지성은 복도를 걸으며 처음 이 병원에 왔던 2년 전을 생각했다.

한태현과 아내 이서린이 추락사고로 병원에 입원했다는 소식은 그에게 뜻밖의 수확이었다. 물적 증거가 모자란 상황에서 한태현의 입원은 용의자의 도주를 막을 수 있는 훌륭한 수단이기 때문이었다.

그러나 기대와 달리 한태현은 지성이 잡을 수 없는 곳으로 떠난 상태였다. 지성은 누워 있는 한태현을 체포할 수도, 다그칠 수도 없었다.

무의식의 세계. 호흡기를 낀 채 누워 있는 한태현을 보며 의사는 언제 깨어날지 확신할 수 없다는 말을 남겼다.

이서린 역시 마찬가지였다.

두 사람은 나란히 무의식의 세계로 도피한 뒤였다.

한태현과 이서린이 입원한 이후 지성은 꼬박 6개월을 이 병원에서 보냈다. 발길이 뜸해진 건 지곡동살인사건 전담팀이 해체된 이후였다.

팀 해체는 어쩔 수 없는 일이었다. 유력한 용의자는 혼수상태였고, 유력한 목격자이자 증인으로 생각했던 이서린 역시 마찬가지였다.

세 명의 여자가 살해됐는데, 시체는 지곡동 곳곳에서 발견됐다. 하지만 범인을 확정할 수 있는 증거는 어디서도 나오지 않았다. 목격자도 없었다.

무엇보다 추락사고 이후 더 이상의 사건은 일어나지 않았다. 때문에 언론은 한태현을 용의자가 아닌 피의자로 다뤘다.

사건의 유가족들은 경찰서로 찾아와 전담팀을 계속 유지하라며 난동을 피웠다. 그 과정에서 벌어진 경찰과 유가족 간의 몸싸움으로 인해 경찰서장이 직접 사과문을 발표해야 하는 불미스러운 일도 있었다.

"저기 보이시죠. 벽 끝에."

간호사의 시선을 따라가자 벽에 등을 대고 서 있는 여자가 보였다.

"저 여자가 이서린입니까?"

간호사가 고개를 끄덕였다.

"근데 몸이……."

"2년간 제대로 된 음식물을 섭취한 적이 없고, 혼수상태로 있으면서 근육과 지방이 많이 빠진 상태예요. 보시는 것처럼 움직이는 것도 재활훈련을 해야 하는 상황이고요."

"그럼, 다른 덴 멀쩡합니까?"

고개를 돌린 지성이 입을 열었다.

"말은 할 수 있죠?"

"네, 대화는 가능해요. 다만……."

간호사는 말을 멈추고 숨을 골랐다. 달싹이던 간호사의 입술이 크게 움직였다.

"자세한 건 선생님이 말씀해주실 거예요. 선생님, 여깁니다."

간호사의 시선을 따라 돌아서자 단발머리 의사가 지성 쪽으로 오고 있었다.

간호사는 인사를 건넨 뒤 서둘러 자리를 떠났다.

간호사가 있던 자리에 선 의사가 그를 보며 기분 좋은 미소를 지었다.

"형사님은 궁금한 게 많으시겠죠? 이서린 환자에게."

"몸 상태가 좋지 않다는 얘긴 들었습니다."

의사가 고개를 끄덕였다.

"아주 나쁜 건 아니지만, 좋지는 않죠."

지성은 치료사의 도움을 받아 걸음을 걷는 이서린을 보았다. 앙상하게 마른 몸이 애처롭게 흔들렸다.

"형사님에게 안 좋은 소식이 또 있어요."

이서린을 보던 의사가 혀를 차곤 입을 뗐다.

"이서린 씨는 혼수상태였던 2년을 포함해 지난 4년간의 기억이 없습니다."

5

2019년.

서린은 책상 위에 놓인 달력을 보았다.

의사는 서린에게 달력을 보여주며 지금이 2019년 4월이라고 말했다. 2년 전인 2017년에 사고가 났고, 그 사고로 서린이 혼수상태였다는 말을 덧붙였다.

"검사 결과 머리엔 큰 손상이 없으니까 기억은 조금씩, 천천히 돌아올 거예요."

큰 걱정하지 말라는 의사의 말에도 서린은 쉽게 대답할 수 없었다.

"기억하려고 너무 애쓰는 것도 좋지 않으니까 그냥 가만히 기다리세요. 기억이란 게 아예 사라지는 건 아니니까."

아뇨, 그게 문제가 아니에요.

서린은 달력에 적힌 날짜를 보며 손가락을 움직였다.

머리가 어지럽고 속이 울렁거렸다. 무슨 일이 일어난 건지 이해를 하려고 애썼지만 앙상하게 마른 몸만이 지난 2년을 확인시켜줄 뿐이었다.

의사는 서린의 뒤에 있는 간호사를 향해 손짓했다.

간호사가 다가서는 게 느껴졌다. 그녀가 힘을 주어 휠체어를 밀었을 때, 서린이 다급하게 입을 열었다.

"선생님!"

차트를 보던 의사가 고개를 들었다.

서린이 호흡을 가다듬었다. 바깥에서 대기 중인 사람들의 목소리가 들렸다. 아이들의 웃음소리, 누군가의 기침소리, 걷고 뛰는 작은 소음들이 자꾸만 속을 헤집어놓았다.

"이서린 씨?"

"선생님, 저는……."

서린은 가까스로 침을 삼킨 뒤, 몇 번이나 입에서 굴리던 말을 꺼냈다.

"스물다섯 살 생일 이후로 기억이 없어요."

강한 두통이 순식간에 서린의 성대를 움켜쥐었다.

두통이 무자비하게 관자놀이에 꽂혔다.

서린의 반응에 의사가 다그치듯 그녀의 이름을 불렀다.

"이서린 씨, 이서린 씨!"

어깨를 붙잡는 손도 느껴졌다. 의사의 입 모양과 말소리가 서로 다른 박자로 서린의 이름을 말했다.

서린은 머리를 부여잡은 채 숨을 들이마셨다. 들어간 숨이 뱉어지지 않았다.

'서린아.'

서린을 부르는 목소리가 이명처럼 이어졌다.

아득하게 멀어지는 사이로 태현의 얼굴이 보였다.

듬성듬성한 기억들이 솟았다 내려앉기를 반복했다. 사이가 빈 필름을 보는 기분이었다. 무엇을 잃었는지 확신할 수 없었다. 기억이 매끄럽게 이어지지 않았다.

"이서린 씨, 괜찮아요?"

이명이 멎었다. 어깨를 잡은 손의 감촉에 비로소 정신이 돌아온 기분이었다.

숨을 몰아쉰 서린이 침을 삼켰다.

"태현 씨는…… 어디에 있죠?"

6

8층은 다른 층에 비해 유난히 조용했다.

지성은 의사의 권유로 이틀이 지나서야 다시 병원을 찾았다.

'이해해주세요. 용의자의 아내이기 전에 저한텐 환자니까.'

단호하던 의사의 말이 떠올라 지성이 어깨를 으쓱였다. 의사의 말에 불만이 있는 건 아니었다. 이틀쯤 미뤄진다고 달라지는 건 없었다. 어쨌든 이서린은 깨어났고, 사건은 공식적으로 미제사건전담팀에 넘어간 뒤였다.

한 달이 지나 이서린을 찾아온다고 해도 그에게 뭐라 할 사람은 없었다.

간호사가 801호실 문을 두드리며 서린을 불렀다. 안에서 작은 목소리가 들렸다.

"들어가세요."

지성은 조심스레 문을 밀었다. 서린이 침대 옆 보조의자에 앉아 있었다.

돌아보는 얼굴이 날카로웠다. 2년 전의 이서린과는 다른 느낌이었다.

안으로 들어선 지성이 문을 닫았다.

"반갑습니다. 지곡경찰서 김지성 형삽니다."

건네는 말에도 서린은 대답이 없었다. 헛기침을 한 지성이 뜸을 들이다 말했다.

"의사는 2년 만에 깨어난 걸 기적이라고 하던데, 다행이네요."

"저를 찾아오셨다고요?"

"형식적으로 몇 가지 물어볼 게 있어서요."

품에서 수첩과 펜을 꺼낸 든 지성이 서린의 등을 보며 일부러 웃었다. 바깥의 계절과는 어울리지 않는 삭막한 공기가 병실 안을 부유했다.

"날이 참 좋죠? 4월 초입인데 벌써 꽃들이 만개했더라고요."

"그러네요."

"봄이라는 게 꽃의 수명하고 비슷하다고 누가 그러더라고요. 그래서 빨리 피고 진다고. 눈 깜짝할 새 왔다가 눈 뜨면 이미 사라지고 없는 계절인 거죠."

창밖으로 날아다니는 새들이 보였다. 지성의 눈이 서린에게서 새들로 옮겨갔다.

"그에 반해 여름이나 겨울은 지겹도록 길죠? 언제 끝나나 싶을 만큼. 사람 마음이 참 간사한 게 더울 땐 추운 걸 그리워하고, 추우면 또 더운 걸 그리워한다니까요."

어울려 움직이던 두 마리의 새가 멀어졌다. 서린이 지성에게로 몸을 틀었다.

"따지고 보면 봄은 꽃을 피우게도 하고 죽게도 하네. 참 변덕스러운 계절이에요. 그렇죠?"

"질문하셔도 돼요."

무릎 위에 올려둔 서린의 손이 주먹을 쥐고 있었다. 지성은 서린의 손에서 시선을 거둬 수첩을 펼쳤다.

"이유리 학생 말입니다."

수첩을 내려 보는 지성의 얼굴이 담담했다.

"그 학생 물건이 추락사건 당시 현장에서 나왔거든요."

지성은 슬쩍 고개를 들고 서린을 관찰하듯 표정을 살폈다.

"이유리 학생 말로는…… 거기 간 적이 없다는데, 그것에 대해 아시는 게 있습니까?"

지성은 살해된 학생의 말을 들었던 것처럼 가장해 물었다.

지성의 눈을 마주본 서린이 되물었다.

"그 학생이 누군데요?"

"공예소에서 수업 듣던 학생이요."

"수업이요?"

"목각 수업을 했었잖아요, 거기서."

"수업이라뇨? 태현 씨가 공예수업을 했다고요?"

"네, 지곡고등학교에서 특별활동 강사로 활동했잖습니까."

당황한 서린이 고개를 저으며 단호하게 부인했다.

"그럴 리가요."

서린의 반응에 지성이 수첩으로 손바닥을 때렸다.

"인기 있는 수업이라고 하던데요. 강사도 인기가 있었고."

서린의 고개가 바닥으로 내려갔다. 작은 신음소리가 서린의 입가로 흘러나왔다.

"기억이 안 나시나 봅니다."

"처음 들어요. 그 학생 물건이 추락사고 현장에 왜 있는 건지도 모르겠고요."

손바닥을 때리던 수첩이 원래 있던 주머니로 들어갔다.

"그럼 다른 걸 물어야겠네요. 2년 전, 사고에 대해 기억하는 거 있습니까?"

"없어요. 아무것도."

"남편분하고 함께 사고가 난 건데, 아무것도 기억나는 게 없어요?"

"전 무슨 사고가, 왜 난 건지도 모르겠는데요."

서린의 긴 머리카락이 그녀의 얼굴을 감쳤다. 지성은 슬쩍 고개를 내려 그녀의 표정을 살피려 했다.

"그날 큰 비가 내렸습니다. 모든 게 다 씻겨 내려갈 정도로. 이른 장마였거든요."

"비요?"

서린의 어깨가 떨렸다. 되묻는 어감이 높았다.

"네, 태풍처럼 거센 비였죠."

"……모르겠어요."

서린의 고개가 지성에게로 올라왔다. 지성을 본 그녀의 눈꺼풀이 떨렸다.

"좋아요, 그럼 질문을 바꾸죠. 이서린 씨가 기억하는 남편은 어떤 사람이었습니까?"

서린이 질문의 의도를 찾으려는 듯 말을 멈췄다.

"어떤?"

"평범한 거요. 왜 친구들한테 남편이 이런 사람이다, 하고 소개하잖아요."

지성은 서린의 손이 떨리는 걸 보았다.

그녀는 지성의 시선을 의식한 듯 가만히 손을 포갰다.

불안한 걸까? 경찰의 방문을 달가워하는 사람은 없다. 지성은 3

년 전 이서린과의 첫 만남을 떠올렸다.

용의자 신문을 위해 한태현이 아내와 함께 경찰서에 온 날, 서린은 움직이면 부서질 것처럼 등을 꼿꼿하게 세우고 지성을 대했다. 강한 적대감을 보이진 않았지만 그렇다고 수사에 협조적으로 군 것도 아니었다. 서린은 적당히 입을 닫고 다섯 시간이란 긴 시간 동안 한태현을 기다렸다.

"만드는 걸 좋아하는 사람이었어요. 손재주가 좋아서. 덩치랑 안 어울리게 세심한 사람이었고요."

"다른 건요?"

"다른 거요?"

"취미가 있었습니까?"

취미? 서린이 태현에게로 고개를 돌렸다.

"잘 모르겠어요. 낚시를 좋아하기는 했는데, 자주 가진 않았던 것 같아요."

"낚시라, 좋은 취미죠. 조용한 데서 사색할 수도 있고. 결혼한 이후에도 종종 낚시를 갔습니까?"

"가끔이요. 두 달, 석 달에 한 번쯤."

"낚시는 밤낚시가 제 맛이라던데. 한태현 씨는 어땠습니까?"

"낮에도 가고 밤에도 갔어요. 낮에 가서 밤에 온 적도 있고, 밤에 가서 낮에 온 적도 있고요."

"4년간의 기억이 없다고 들었는데, 그럼 2015년은 대충 기억나죠?"

서린의 입술이 굳게 닫혔다. 형사는 아까부터 이해할 수 없는 질문을 해댔다. 서린이 느끼기에 질문들은 추락사고와 전혀 관계가 없어 보였다.

"2015년에도 낚시를 다녔습니까?"

"그게 왜 궁금하신 거죠?"

날카로운 답변에 지성이 진정하라는 듯 손바닥을 들어 보였다.

"원래 이 직업이 꼬치꼬치 캐물어야 직성이 풀리거든요. 의외로 사소한 대화에서 답이 나올 때도 있고."

"추락사고 때문에 오신 게 아니군요."

형사가 사고에 대한 조사 때문에 방문한 게 아니란 직감이 들었다.

"다른 이유로 오신 거죠?"

지성은 서린이 겁먹지 않도록 노력하며 최대한 부드럽게 말을 꺼냈다.

"추락사고 이전에 살인사건이 있었습니다."

서린의 고개가 지성에게 고정됐다.

"피해자는 셋이었고, 모두 지곡동에서 벌어진 일이었죠."

지성의 검지가 이마를 톡톡 건드렸다.

"이마에 멍이 들어 있었는데, 법의학자 말로는 강한 힘에 의해 반복적으로 부딪혀서 생긴 거라고 하더군요."

말의 의중을 찾는지 서린이 조용했다. 지성은 숨을 삼키고 서린의 뒤편에 누운 한태현에게로 시선을 던졌다.

"그 중 한 명이 한태현 씨에게 공예수업을 받던 이유리 양입니다."

"왜 오신 거죠?"

높아진 목소리가 서린이 경계하고 있음을 알렸다.

"의사가 그러더군요. 기억이 소실된 게 아니기 때문에 반드시 돌아온다고."

지성은 서린이 이해할 수 있도록 신중하게 말을 골랐다.

"저는 이서린 씨가 목격자일 거라고 생각합니다."

목격자라는 단어에 서린의 미간으로 깊은 주름이 잡혔다. 지성은 전보다 단호하고 냉정한 말투로 자신의 생각을 전했다.

"직접 봤을 수도 있고, 다른 뭔가를 보고 알아챘을 수도 있겠죠. 어쨌든 이서린 씨는 알고 있지만 기억나지 않는 상태일 거라는 게 제 추측입니다."

"태현 씨가 죽였다고 의심하시는 건가요?"

의심?

순진한 질문에 지성이 코웃음을 쳤다. 의심 운운하며 공방을 벌이기엔 이미 너무 많은 시간이 지난 뒤였다. 지성은 한태현이 범인이라 확신하고 있었고, 그건 사건을 아는 대부분의 사람들 역시 마찬가지였다.

세 명의 피해자. 지곡천 근처, 산책로 공사장에서 발견된 세 번째 피해자인 이유리는 한태현에게 공예수업을 들었고, 그의 연락을 받고 집을 나갔다.

이유리의 마지막 행적은 한태현과 맞물려 있다. 한태현은 일이 생겨 약속 장소에 나가지 못했다고 증언했지만, 그의 증언을 뒷받침해준 증인은 아내 이서린뿐이었다.

"추락사고가 있던 날, 부재중 전화가 와 있었습니다."

급하게 현장으로 나가느라 전화를 받지 못한 게 실수였다. 지성은 지금도 2년 전 그날을 생각하면 잠을 이루지 못했다.

"이서린 씨한테서 온 전화였어요."

두 통의 전화. 전화를 안 받으면 메시지로 용건을 보낼 만도 했지만, 이서린의 연락은 그게 끝이었다.

"제가 다시 전화를 걸었을 때, 이서린 씨는 이미 병원으로 이송된 후였습니다. 한태현과 함께."

수많은 사건들 속엔 가해자와 피해자가 아닌 제3자들이 존재했다. 가해자도, 피해자도 될 수 있는 양면의 존재. 지성은 자신이 봐온 목격자들을 떠올렸다. 두려워하기도 하고, 침묵하기도 했지만 그들의 양심은 결코 피해자를 외면하지 않았다.

그런 이서린을 한태현이 죽이려 했다면?

지성은 공예소 마당에서 장작을 패던 한태현을 기억한다. 두꺼운 팔뚝이 보이게 소매를 걷어 올리고 도끼를 휘두르던 강인함. 주저 없이 내리치던 손과 박살나던 나무들. 그에게서 나던 땀 냄새와 나무 냄새까지도.

한태현에 대한 모든 게 강렬하게 박혀 기억에 남았다.

"이서린 씨 기억이 필요합니다."

창밖의 날이 흐렸다. 봄이라고는 생각되지 않는 쌀쌀함이 바깥에 있었다. 새들이 지저귀며 날았어도 완연한 봄은 아니었다.

지성은 서린의 대답을 기다리다 발을 움직였다. 병실을 나서기 전 멈춘 지성이 서린에게 물었다.

"한 번도 남편을 의심해본 적 없습니까?"

7

병실 문이 열렸다 닫히는 소리가 들렸다.

서린은 멀어지는 발걸음 소리를 들으며 태현에게로 다가섰다.

당신을 의심하고 있어.

태현을 향해 서린이 속삭였다.

무엇을 어떻게 감당해야 할지 막막했다. 모든 게 엉망이었다. 2년 전에 무슨 일이 있었는지, 왜 경찰이 태현을 의심하는 것인지, 서린은 아무것도 기억하지 못했다. 줄기를 따라 뽑힌 기억이 채울 수 없는 빈자리를 만든 것 같았다.

무슨 일이 있었던 거야?

우린 왜 여기에 있는 거야?

……정말 당신이 그랬어?

태현이 대답할 수 없다는 걸 알면서도 서린은 차마 소리 내 묻지 못했다. 두려웠다. 정말로 남편이 그랬다면, 어떻게 해야 하는 걸까.

화를 내고, 신고를 하고, 비난하고, 고통스러워해야 할까.

여전히 꿈속에 갇힌 기분이었다. 상황을 이해하기도 전에 너무 많은 것들이 쏟아지고 부어졌다. 불안이 몸집을 키우며 심장을 두드렸다.

가슴 한쪽이 짓눌린 듯 답답했다. 안 좋은 생각이 들었다.

똑똑.

문을 두드리는 소리가 들렸지만 서린은 대답하지 않았다. 간호사거나, 방금 나간 경찰이거나. 누구든 그리 반갑지는 않을 듯했다.

한동안 침묵이 이어지고 문 소리와 함께 찬 기운이 서린의 목덜미를 스쳤다.

"서린아."

기억하는 목소리였다. 울음을 참아낸 서린이 고개를 돌리자 정호가 있었다.

정호가 서둘러 서린에게로 다가왔다. 걱정하는 얼굴이 익숙했다. 태현과는 다른 둥근 얼굴이 반가웠다. 서린의 손을 잡으며 정호가 물었다.

"괜찮아? 어디 아픈 데는 없어?"

"정호야, 경찰이 왔다 갔어."

말로 꺼내자 불안감이 증폭됐다. 정호의 얼굴을 보니 더 그런 것 같았다.

"추락사고 때문에 온 줄 알았는데, 아니었어."

정호는 숨을 죽이고 서린의 말을 기다렸다.

"태현 씨를 의심하고 있어."

누구의 것인지 모를 숨소리가 병실 안을 맴돌았다. 정호는 서린이 하는 말을 단번에 알아챘다.

"밝혀진 건 아무것도 없어."

"죽이려고 했었대."

정호의 눈동자가 서린을 담았다.

"태현 씨가 나를 죽이려고 했었대."

"그건…… 그냥 추측이야. 그때나 지금이나 똑같아. 아무런 증거도 없어."

서린이 정호의 얼굴을 쓸어내렸다.

태현과 달리 정호는 선이 고운 얼굴이었다. 찬찬히 뜯어보면 자신보다도 예쁜 얼굴이라고, 서린은 정호를 볼 때면 생각했다.

"집……."

정호의 어깨에 묻은 물기를 보며 서린이 입을 뗐다.

"집에 갈래."

퇴원수속은 빠르게 이루어졌다. 의사에게서 몇 가지 당부를 듣고 수납을 하고 사인을 하는 게 다였다.

정호가 챙겨온 옷으로 갈아입은 서린이 조수석에 앉아 짐을 싣는 그를 보았다.

정호는 묘하게 생기가 돌았고, 전보다 밝아 보였다. 나쁘지 않은 변화였기에 서린은 안심했다. 모든 게 나빠지지는 않은 모양이라는 생각이 들자 불안감이 조금은 옅어졌다.

운전석에 탄 정호가 서둘러 차를 출발시켰다.

병원을 나서는 기분이 묘했다. 기억하지는 못하지만 2년간 잠들어 있던 곳. 두 번의 계절이 바뀌는 동안 이곳에서 생과 사를 오갔다는 게 믿기지 않았다.

"기억이 없어."

붉은색 신호를 따라 정차한 차들을 보며 서린이 말했다.

"아예 안 나는 건 아닌데, 기억해야 할 것들이 없어진 것 같아."

이어폰을 낀 여자가 신호를 확인하고 횡단보도를 걷기 시작했다. 여자의 긴 머리카락이 찰랑이며 차 앞을 지났다. 보행자 신호가 깜빡였다. 건너편 인도에 도착한 여자가 조금씩 멀어졌다.

사이드미러로 여자를 보던 서린이 창문을 열었다.

"아직 추워."

"답답해. 바람 좀 쐴래."

신호가 바뀌고 차가 출발하자 봄바람이 서린의 얼굴로 쏟아졌다.

소리를 지르고 싶을 만큼 상쾌했다. 서린은 소리를 지르는 대신 창밖으로 손을 내밀었다. 손가락 사이사이로 바람이 느껴졌다.

"형에 대한 건?"

조심스러운 정호의 질문에 서린이 바람을 잡으려는 듯 주먹을 쥐었다.

"좋은 사람이었다는 거, 착하고 성실한 사람이었다는 거. 그건 기억나."

"다른 건?"

"경찰이 말한 건 모르겠어. 거기서 발견됐다는……."

정호는 어디까지 알고 있을까? 태현이 살인사건의 용의자라는 것도, 경찰이 추락사고의 원인으로 태현을 의심한다는 것도 알까?

"천천히 하자. 너무 애쓰지 말고."

서린의 고개가 정호를 향했다. 정면을 향해 있는 얼굴이 기억과 다름없이 반듯했다. 2019년이라고 했으니 정호와 자신은 스물아홉이다. 서린이 잠들어 있는 동안 시간은 부지런히 흘렀다.

운전대 위에 올려둔 정호의 손가락에 끼워진 반지가 보였다. 기억 속 정호에게는 없던 반지였다.

"애인?"

반지를 의식한 정호가 숨기듯 손을 내렸다.

서린의 고개가 비스듬하게 기울어졌다.

"왜 당황하고 그래."

"그냥. 미안해서."

"내가 아는 사람이야?"

정호가 고개를 저었다.

서린은 지나는 풍경을 둘러보았다. 새로운 건물이 생기고 집들이 많아졌지만 익숙한 곳이었다.

지곡동. 서울 끝자락에 붙은 크지 않은 동네.

교통이 불편하다는 것을 빼면 나무랄 데 없는 곳이기도 했다.

차는 주택가 사이를 지나 외진 골목을 향해 달렸다.

단층주택이 밀집한 가장 끝 쪽에 그녀의 집이 있었다.

기억대로라면 정원에는 태현이 직접 만든 벤치가 있고, 곳곳에 나무로 만든 공예품이 장식되어 있어야 했다.

서린은 즐거워하던 태현을 생각했다. 멀지 않은 곳에 차려둔 공예소에서 가지고 오던 나무인형들. 거실과 방에도 걸어둔 그 인형들은 주기적으로 먼지를 털고 상하지 않게 관리를 해줘야 했다.

차가 정차하고 서린이 내렸다.

붉은 벽돌로 된 높은 담이 보였다.

서린이 기억하는 이곳의 담은 낮은 하얀색이었다.

"기자들이 많이 찾아왔었어."

서린을 의식한 듯 정호가 나지막이 덧붙였다.

카메라를 들이밀고 소리치고 비난하는 사람들의 모습이 머리에 그려졌다.

지나는 사람들마다 담을 기웃거렸을 것이다. 추락사고로 혼수상태에 빠진 부부. 사람들의 호기심을 자극하는 이야기였다.

서린이 집을 향해 걸었다. 조심스럽게 대문을 열고 마당에 들어섰다.

잔디가 깔끔하게 정리돼 있었다. 짐을 챙겨온 정호가 우두커니 서 있는 서린을 지나 현관으로 향했다.

텅 비어 있는 공간.

기억 속 빼곡하게 들어차 있던 마당의 모습이 사라지고 없었다.

태현이 손수 나무를 구하고 깎고 칠한 공예품들이 가득했는데.

아무것도 없다.

그 사실이 머리를 울렸다.

느리게 마당을 지나 집으로 들어섰다.

마당을 향해 난 큰 창이 커튼에 가려 보이지 않았다. 어두운 실내를 둘러보다 어색하게 전등 스위치를 찾았다.

불이 켜지자 내부가 보였다.

정호가 정리해둔 것인지 안이 깨끗했다.

소파로 간 서린이 맞은편 벽에 걸린 커다란 사진을 보았다. 태현과 서린이 밝게 웃고 있는 결혼사진이었다.

"정호야."

서로를 보며 웃는 모습이 아득했다.

"무슨 일이 있었는지, 넌 알아?"

커튼을 걷던 정호의 등이 크게 움직였다. 열린 창문에서 선선한 바람이 불었다.

"경찰 말로는 공예소 근처 공사장에서 발견됐대, 나랑 태현 씨가. 우리가 왜 거기에 있었는지, 왜 거기서 떨어졌는지는 모른다는데……."

"내가 아는 것도 그게 다야. 들은 것도 그게 다고."

정호가 서린을 향해 돌았다. 아무렇지 않아 보이려 애쓰는 표정이 어색했다.

"서린아, 지금은 너만 생각하자. 깨어나긴 했어도 무리하지 말라고 그랬잖아."

"그렇지만."

"형도 이해할 거야. 천천히 하자. 천천히."

"경찰이 태현 씨를 의심하잖아. 태현 씨가 사람을 죽였을지도 모른대."

정호가 입을 다물었다.

"아닐 거라고 생각해. 생각하는데……."

"이서린."

정호가 서린의 어깨를 잡았다. 강한 악력이 그녀의 어깨를 뭉갤 것처럼 쥐었다.

"형은 그럴 사람이 아니야."

어깨가 아팠다. 코끝이 시큰거릴 정도였다.

"누구보다 네가 잘 알잖아. 형은 좋은 사람이야. 너처럼."

고통으로 인상을 찌푸리자 힘을 푼 정호가 그녀를 지나 부엌으로 향했다. 서린은 그를 따라 몸을 돌렸다.

닮은 점이 없다고 생각했는데.

정호의 뒷모습이 태현처럼 보였다. 다부지고 단단했다. 서린은 잡혀 있던 어깨를 주무르며 소파에 앉았다. 화를 내는 모습까지도 태현과 비슷했다.

8

저녁식사는 엉망이었다.

정호가 애써 차린 미역국은 제대로 맛을 보기 전에 식었고, 계란 말이와 김치는 꺼내온 그대로 손도 대지 않은 채 식탁을 차지했다.

정호는 서린의 눈치를 보느라 음식에 손을 대지 못했고, 서린은 그런 정호를 신경 쓰느라 억지로 밥을 먹어야 했다.

서린은 어두워진 바깥을 보며 수저를 내려놓았다. 가로등이 켜졌는지 노란 불빛이 마당에 쏟아졌다.

"이유리라고…… 알아?"

의미 없이 젓가락질을 하던 정호가 손을 멈추고 고개를 들었다.

"공예소에서 수업을 들었다던데."

"글쎄, 잘 모르겠다."

"태현 씨한테 공예수업을 듣던 학생이래."

정호가 물을 마셨다. 시늉만 하던 식사가 중단되자 묘한 긴장감이 피어났다.

"공사장에서 그 학생 물건이 발견됐다는데."

정호가 고개를 들었다.

"아는 거 없어?"

"아니, 모르겠어."

단호한 정호의 대답을 끝으로 둘 사이에는 한동안 말이 없었다.

먼저 자리에서 일어선 건 서린이었다. 정호의 고개가 그녀를 따라 움직였다.

"먼저 들어가서 쉴게."

정호를 지나친 서린이 거실로 향했다.

막 부엌을 나서려는데 그의 목소리가 서린을 붙잡았다.

"형한테 수업을 듣던 학생들이 있기는 했어. 그 중의 한 명인지도 몰라."

서린은 갈색 방문으로 향했다. 태현과 함께 사용하던 침실이었다.

방 안은 기억과 크게 달라지지 않은 모습이었다.

문 왼쪽으로 킹사이즈 침대가 있었고, 그 옆에 장롱이 있었다.

장롱 맞은편에는 태현이 직접 만들어준 화장대가 자리했다.

모든 게 여전했다. 모두 제자리에 있었다.

서린은 화장대 앞에 앉아 눈을 깜빡였다. 거울 속 자신의 모습이 보였다.

윤기 없는 긴 머리카락과 볼이 패인 얼굴 탓에 도드라지는 커다란 눈이 낯설게 다가왔다.

2년 전의 나는 어땠지?

손을 든 서린이 자신의 뺨을 만졌다. 피부가 거칠었다. 거실에 걸린 사진 속 여자와 거울 속 여자는 다른 사람 같았다.

"서린아."

문밖에서 정호의 목소리가 울렸다.

"나 가볼게. 내일 아침에 올 테니까 푹 쉬어."

자박이는 소리와 문이 열리는 소리, 닫히는 소리가 연이어 들렸다.

거울을 보던 서린이 화장대 옆에 걸린 나무인형으로 고개를 돌렸다. 결혼식 날 태현이 선물해준 피노키오 인형이었다.

주저하던 서린이 피노키오에게로 손을 뻗었다.

홀로 남겨진 집 안에서 서린이 기댈 수 있는 유일한 존재였다.

9

꿈속은 깜깜했다. 눈을 감았는지 떴는지도 확인할 수 없었다.

손이든 발이든 움직이려 했지만 몸에 힘이 들어가지 않았다. 솔직히 말하자면 몸이 있기는 한 건지 궁금했다. 서린이 아는 것이라곤 그저 깜깜하다는 것. 그거 하나뿐이었다.

서린은 어둠 속에서 숨을 죽인 채 있었다.

멀리서부터 서서히 가까워지던 발소리가 아주 가까운 곳에서 멈췄다. 발소리의 주인이 뭘 하는지 알 수 없어서, 서린은 더욱 긴장했다.

얼마나 지났을까, 웅얼거리는 소리가 들렸다.

소리는 어느 순간 커졌다가 어느 순간에는 작아지기를 반복했다. 서린은 소리에 집중했다. 높고 가느다란 여자의 목소리인 것 같았다.

여자의 웅얼거리는 소리가 계속 이어졌지만, 그게 무슨 말인지는 알아듣기 힘들었다. 서린은 반쯤 포기한 상태로 어둠이 끝나기를 기다렸다.

……자

목소리가 가까운 곳에서 멈췄다.

웅얼거리던 소리가 커지기 시작했다.

……인……

서린이 귀를 기울였다.

……인……자

여자의 목소리는 여전히 가까운 곳에 멈춰 웅얼거렸다. 이상했다. 분명 큰 소리인데도 알아들을 수가 없었다.

한참이나 소리에 집중하던 그때, 주위가 조금씩 밝아지기 시작했다. 2년을 보냈다는 병원이었다.

주변을 둘러본 서린이 정면을 응시했다.

손을 뻗으면 닿을 거리에, 자신이 누워 있었다. 거울 속 메마른 모습 그대로였다.

여자의 목소리가 더는 들리지 않았다. 서린은 잠든 자신을 향해 손을 뻗었다.

충분히 닿을 거리였지만 만져지지 않았다. 허공에 손을 휘젓는 공허한 기분이었다.

주변이 다시 어두워지기 시작했다. 그 순간 누군가 서린의 손을 잡았다.

누가 잡았는지 알 수 없었다. 눈 깜짝할 사이에 주변은 온통 어둠이었다.

도와줘.

낯선 목소리가 귓가에 속삭였다.

낮고 굵은, 남자의 목소리였다.

제발…….

남자가 흐느꼈다. 잡혀 있던 손이 가벼워졌다.

이서린!

고함소리와 함께 서린의 몸이 튕겨졌다. 강한 충격이었다.

침대에서 눈을 뜬 서린이 주변을 살폈다.

서린은 이마에 맺힌 땀을 닦아내며 꿈속에서 자신을 부르던 목소리를 기억하려 애썼다.

도와달라고 외치던 목소리가 떠올랐다.

허리를 일으켜 앉아 악몽을 토해내듯 숨을 뱉었다. 꿈속의 감각이 오른손에 남아 있었다.

바닥에 발을 디디고 땀에 젖은 옷을 벗기 시작했다. 속옷까지 모두 벗어버리자 축축함이 가셨다.

서린은 화장실로 향했다. 샤워부스 안으로 들어가 수도꼭지를 돌리자 뜨거운 물이 얼굴로 쏟아졌다.

머리가 맑아지자 손의 떨림이 덜했다. 샤워부스를 나와 김이 가득한 화장실 거울을 닦았다. 노란 조명 탓에 얼굴이 노랗게 보였다. 창백한 것보다는 나았다.

커다란 수건으로 몸을 가리고 거실로 나왔다. 바깥은 아직 어두웠다. 손에 든 머그컵을 보던 서린의 눈이 감겼다.

악몽.

그냥 악몽이었을 것이다. 너무 많은 일이 있었기 때문에 꾼 기분 나쁜 꿈. 그 이상도, 이하도 아니다.

그렇지만…… 만약 태현 씨였다면?

흐느끼던 남자의 목소리가 메아리처럼 울려 퍼지는 착각이 들었다.

눈을 뜬 서린이 머그컵에 든 뜨거운 물을 마셨다.

식도를 타고 내려간 뜨거움이 몸에 퍼지자 나른해졌다. 바깥에서 스며든 불빛이 거실을 밝혔다. 서린의 눈이 벽에 걸린 사진을 응시했다.

1년의 연애를 하는 동안 크게 싸워본 적도, 서로를 미워하거나 의심해본 적도 없었다. 서린은 서린대로 태현은 태현대로 바빴지만 서로를 향한 마음으로 공백을 채웠다.

덩치와 어울리지 않는 태현의 자상함이 얼마나 사랑스러웠는지.

서린은 사진 속 태현을 보며 웃었다.

언제나 상냥했고 변함없이 다정한 사람이었다. 길지 않은 연애를 하는 동안 결혼을 결심한 건 순전히 태현에 대한 믿음 때문이었다.

자신을 사랑해주고 지켜줄 거라는 믿음.

든든한 어깨로 세상의 모든 불행을 이겨내주리라는 믿음이 태현을 사랑하게 만들었다.

사진을 보던 서린이 습관처럼 왼손 네 번째 손가락을 만졌다.

반지가 있어야 할 자리였다. 서린의 고개가 손가락을 향해 떨어졌다.

언제부터 비어 있었던 걸까.

곰곰이 생각해봐도 확신이 서지 않았다. 병원에서 돌려받은 소지품은 없었다.

반지가 없어진 걸 왜 몰랐을까, 어째서 알아채지 못한 걸까.

서린은 머리를 감싸 안았다. 아무리 생각해도 기억나지 않았다. 억울한 마음이 들었다. 누군가 자신의 기억을 훔쳐간 것만 같았다.

감정이 쏟아지듯 흘러내렸다. 다문 입술 틈으로 억눌린 울음소리가 새어나왔다. 문득 병실에 찾아왔던 경찰이 생각났다.

태현에 대해 아무것도 모르는 주제에, 태현을 의심하던 사람. 태현이 어떤 사람인지 알았더라면 쉽게 태현을 의심하지 못했을 것이다.

눈물을 훔친 서린이 천장을 향해 고개를 들었다.

경찰에게 화를 냈어야 했는데. 태현이 얼마나 좋은 사람인지 아느냐고 소리를 질렀어야 했는데.

'이서린 씨 기억이 필요합니다.'

서린은 경찰의 말을 곱씹었다.

기억. 그것은 서린에게도 필요했다. 태현이 사건과 무관한 사람이라는 것을 증명하기 위해선 반드시 기억을 찾아야 했다.

다짐하듯 주먹을 쥔 서린이 소파에서 일어섰다. 체온이 떨어졌는지 공기가 찼다.

방으로 향하던 걸음을 멈춘 건 바깥에서 들린 빗소리 때문이었다.

창에 다가서자 어둠에 익숙해졌는지 제법 마당이 잘 보였다. 얇은 빗줄기가 창에 달라붙어 내렸다.

마당을 살피던 눈이 담벼락 끝에서 멈췄다.

다급하게 입을 틀어막았다.

눈이 마주쳤다는 걸 깨달은 순간, 천둥이 울려 퍼졌다.

10

중구에 위치한 하늘심리치료센터는 상담을 원하는 부모와 아이들로 언제나 북적였다.

불안한 심리 상태의 아이들이 주로 찾는 곳이다 보니 센터 벽은 연한 하늘색과 연두색 위주였다.

그 벽을 타고 잔잔한 음악이 흘러 다녔다. 이렇게 듣는 음악만으로도 지친 부모들은 잠시 쉴 수 있었다.

희주는 개인 상담실 안까지 스며든 음악 소리를 들으며 짐을 정리했다. 센터는 희주가 미술심리치료 상담사로 5년간 일해온 곳이었다.

"희주 씨 오늘까지만 일한다면서?"

문에 기대 선 남자가 휘파람을 불었다.

희주가 정리한 짐과 가방을 책상 위에 올려놓았다.

"그렇게 됐네요."

"배선생 그만두면 어머님들 많이 슬퍼하겠어. 애들이 배선생 엄청 좋아했잖아."

"저보단 김선생님이 더 인기 많으시잖아요."

"나야 여기 터줏대감이니 그런 거고."

남자는 과장된 몸짓으로 턱을 쓰다듬었다.

아이들은 남자의 과장된 행동을 좋아했다. 연극배우 출신의 남자는 아이들이 어떤 표정을 좋아하고 어떤 행동에 마음을 여는지 알았다. 남자는 그걸 정서적 교감이라 표현했고, 희주는 의도적 계획이라 생각했다.

아이들이 마음의 문을 열면, 부모는 남자에게 돈을 지불한다. 미술심리치료는 남자가 돈을 버는 수단이지 삶의 목적이 아니었다.

"송별회도 마다하고. 좀 섭섭해."

"죄송해요. 사정이 급해서."

"이직은 아닌 것 같고…… 애인 때문에?"

명패를 가방에 넣고 희주가 대답 대신 웃자 남자가 박수쳤다.

"저번에 봉사하러 왔던 남자 맞지? 이름이 뭐였더라, 나랑 비슷했는데."

"정호요. 한정호."

짐과 가방을 든 희주가 엘리베이터로 걸어갔다. 뒤따라온 남자가 희주의 어깨를 두드렸다.

"희주 씨 결혼하는 거야?"

"아니에요."

"그럼 왜?"

엘리베이터에 희주와 남자의 모습이 비쳤다. 남자는 정호보다 조금 작았다. 고개를 돌린 희주가 입꼬리를 올렸다.

"간병 겸 상담이 필요하다고 해서요."

의아한 얼굴로 남자가 따라붙기 전 엘리베이터가 도착했다.

엘리베이터에 들어선 희주가 1층을 누르고 닫힘 버튼을 눌렀다.

희주는 닫히기 직전 남자에게 손을 흔들었다. 반가움이나 고마움의 표시가 아니었다. 남자에게서 옮겨온 냄새를 쫓기 위한 행동이었다.

역겨운 냄새.

참을 수 있지만 불쾌한 건 어쩔 수 없는 문제였다.

정호 앞에서도 이러면 안 되는데.

1층에 도착해 내린 희주가 기다리고 있던 정호를 보고 손을 들었다.

1년 가까이 만났지만 정호에게선 아무런 냄새도 나지 않았다. 정호의 다른 어떤 것보다 마음에 드는 점이었다.

"오래 기다렸어?"

정호의 뺨에 입을 맞춘 희주가 짐을 건넸다. 정호는 고개를 설레설레 저었다.

"일까지 쉬면서 간병해달란 건 아니었는데……. 정말 고마워, 희주야."

"정호 씨 가족이면 내 가족이나 다름없지 뭐. 이렇게라도 도움이 된다면 나도 뿌듯하고."

남자에게 과장된 행동이 계획이라면 다정한 말과 배려는 희주의 계획이었다.

널 만나서 다행이야.

정호는 그런 눈으로 희주를 봤다. 정호의 품에 안긴 희주가 삽시간에 인상을 찌푸렸다.

정호에게서 그동안 나지 않던 냄새가 미약하게 풍겨왔다.

차는 지곡동으로 향했다.

희주는 무감하게 수첩에 적힌 글을 보았다. 정호가 미리 말해준 유의사항이었다.

1. 부드러운 음식을 위주로 섭취해야 함(간이 센 반찬은 피할 것)
2. 병원에서 준 약은 하루 세 번 식사 이후 복용(저녁용 약은 수면 성분이 있음)
3. 추락사건에 대한 이야기는 되도록 피할 것
4. 집에 찾아오는 기자들이 간혹 있음. 문 열어주지 말고 무시할 것
5. 경찰이 찾아오거나 연락할 경우 바로 전화 바람
6. 사고 후유증으로 부분 기억상실과 기면증 증세가 있을 수 있다고 함
7. 혼자 외출하는 건 자제시켜주기를 바람

마지막에 적힌 부분은 정호가 직접 별까지 친 내용이었다.

바로 앞에 적힌 내용을 보면 납득이 됐다.

기억상실과 기면증.

불행의 전조 같은 병명이었다.

"서린이는 우리가 같이 가는 거 몰라서 좀 놀랄 수도 있어."

수첩을 닫고 희주가 창밖으로 시선을 던졌다.

"나보단 아무래도 같은 여자인 네가 도와주는 게 더 나을 것 같아서."

희주가 정호의 손을 잡았다.

이서린.

정호의 형인 한태현의 아내이자 2년간 코마에 빠져 있던 여자.

정호가 희주에게 설명해준 것은 그게 다였다.

희주는 운전 중인 정호의 옆모습을 담았다. 형의 아내를 이름으로 부르는 사람이 얼마나 될까.

형의 아내가 걱정돼 일을 그만두고, 애인에게 간병을 부탁하는 남자.

가족 같은 사이라고 말하던 지난 밤의 정호가 생각나 희주는 웃음을 참았다.

정호는 괜찮은 남자였지만 좋은 애인은 아니었다. 거짓말을 그렇게 못하면서 어떻게 지금껏 버텨왔는지 의아할 정도였다.

지곡동이라는 지명만 검색해도 줄줄이 딸려오는 것 중 하나가 '추락사고'였다.

정호는 사건에 대해 말하기 꺼려했지만 지곡동을 아는 사람이라면, 아니 당시 뉴스를 본 사람이라면 누구나 사건을 알 게 분명했다. 그건 숨긴다고 숨겨지는 비밀이 아니었다. 모두가 상상할 수 있는 일은 비밀이라는 이름에 어울리지 않았다.

차가 주택가 속으로 빨려들었다. 단층주택이 밀집한 곳이었다.

희주는 비슷해 보이는 주택들을 훑으며 입술을 풀었다. 오랜 시간 웃으려면 꼭 해야 하는 운동이었다. 창문을 내린 희주가 사이드미러를 보며 얼굴을 확인했다. 도톰한 입술이 작게 벌어졌다.

반가워요, 이서린 씨.

상냥한 미소를 건네면 어떤 반응을 보일까. 비슷하게 웃으며 인사를 해올까.

정호의 형수이자 추락사고의 피해자.

살인사건의 유력한 용의자인 한태현의 아내.

무서운 여자.

소름끼치는 여자.

목격자.

공범.

생존자.

희생자까지.

이서린에게는 많은 수식어가 붙었고, 수식어는 사람들의 입맛에 따라 바뀌었다.

그 중 무엇이 이서린이라는 사람을 정의하는 것일지 희주는 궁금했다.

주택가 끝에 다다라 차가 멈췄다. 붉은 담이 한눈에 들어왔다.

다른 주택들과는 거리를 두고 홀로 떨어져 있는 집이 다시금 이서린이란 여자를 생각나게 했다.

정호를 따라 차에서 내린 희주가 주위를 둘러보았다.

조용한 동네였다.

이곳에서 그런 끔찍한 일이 벌어졌으리라곤 누구도 생각하지 못할 만큼 평화로워 보였다. 마당이 보이는 낮은 담들이 동네의 치안을 자랑하는 것처럼 당당했다. 이서린의 집을 제외하면 모든 집들의 담이 낮았다.

육중한 대문이 열리고 단출한 마당과 함께 그리 멀지 않은 곳에 커다란 창이 눈에 띄었다.

앞서 걷는 정호의 등을 보다가, 희주가 시선을 느끼고 돌아섰다.

두 블록 뒤 파란 대문 앞에 서서 고등학생 정도로 보이는 소년이 희주를 보고 있었다. 앳된 티가 다 지워지지 않은 모습이었다.

자전거를 타고 나서려던 참인지 운동복 차림이었다.

"희주야."

현관 앞에 서서 정호가 희주를 불렀다.

대문에 서 있던 희주가 고개를 끄덕였다.

대문이 닫힐 때까지도 소년은 희주에게서 눈을 떼지 않았다.

한참이 지난 후에야 자전거 소리가 들렸다. 소년의 끈적끈적한 눈길이 쉽게 지워지지 않았다.

희주는 소파에 앉아 정호를 기다렸다.

집은 단층 주택치고 천장이 높았다. 자신이 사는 오피스텔만큼은 아니었지만 꽤 높은 편이었다.

희주의 고개가 창으로 향했다. 커다란 창.

문을 열면 마당에 나갈 수 있도록 일부러 크게 만든 것 같았다. 굳건히 지키고 있는 붉은 담이 아니었다면 누구든 바깥에서 이 집을 구경할 수 있을 듯했다.

10분쯤 지나 문이 열리고 정호가 나왔다.

정호를 따라 나오는 여자의 긴 머리카락을 보고 희주가 소파에서 일어섰다.

위축된 건지, 지나치게 마른 몸 때문인 건지 이서린은 의기소침해

보였다.

손을 내밀며 희주가 입을 열었다.

"반가워요, 이서린 씨."

"반가워요."

작지만 또렷한 목소리.

희주는 그녀의 손이 유난히 차갑게 느껴졌다.

금방 손을 놓고는 서린이 부엌으로 들어갔다. 긴 니트 원피스를 입은 몸이 위태롭게 흔들렸다.

"잠을 설쳤대."

정호는 서린을 대신해 변명하듯 말했다.

차를 준비하는지 소음이 들렸다.

희주가 정호의 어깨를 두드리고 부엌으로 향했다.

"뭐 도울 거 없을까요?"

희주의 나지막한 물음에 서린의 행동이 주춤했다.

"갑자기 와서 놀랐죠?"

"조금요."

"불편한 거 알아요. 너무 부담스러우면 제가 정호한테 말해볼게요."

"아뇨, 익숙해지면 괜찮을 거예요."

찬장을 향해 손을 뻗은 서린이 하얀 찻잔 하나를 들었다. 흔들리는 찻잔이 위태로웠다.

"아악!"

서린이 별안간 소리를 지르며 뒤로 넘어졌다.

희주가 얼른 부축하자 눈을 질끈 감았던 서린이 그녀의 어깨를 잡았다. 서린에게 잡힌 어깨가 떨렸다.

무엇 때문에?

고개를 들자, 부엌 창문 밖에서 안을 보는 고양이의 둥근 눈이 보였다.

노랗게 빛나는 눈동자가 먹잇감을 찾는지 꼼꼼하게 움직였다.

"그냥 고양이예요."

희주의 무미건조한 위로에도 서린의 손은 어깨를 놓지 않았다.

소리를 듣고 달려온 정호가 그녀를 일으켰다. 그에게 기대 거실로 나서는 서린을 보며 희주가 고개를 숙였다.

슬금슬금 웃음이 비집고 나왔다. 겨우 고양이 때문에?

이서린을 수식하는 그 많은 수식어들 중에 겁쟁이도 있던가?

희주는 무릎을 굽히고 앉아 깨진 찻잔을 모으며 소리 없이 입꼬리를 올렸다. 등 뒤에서 고양이 우는 소리가 들렸지만, 굳이 고개를 들지는 않았다.

찻잔 조각을 싱크대 한쪽에 모아 넣은 뒤에도 희주는 고개를 들지 못했다.

고개를 들면 큰 소리로 웃어버릴지도 몰라.

뜻밖의 걱정이 불쑥 안에서 튀어나왔다. 희주는 입술을 꽉 다물고 새 찻잔을 꺼내 거실로 나갔다.

소파에 기대앉은 서린이 미안했는지 눈인사를 해왔다.

괜찮다는 의미로 웃어주고 찻잔을 건넸다. 자신의 집임에도 어색하게 받아드는 모양새가 조금은 처연했다.

"집에서 편히 쉬어, 서린아. 불편한 거 있으면 희주한테 말하고. 희주가 도와줄 거야."

시간을 확인하고는 정호가 자리에서 일어섰다.

7. 혼자 외출하는 건 자제시켜주기를 바람.

수첩에 적은 내용을 떠올린 희주가 티 나지 않게 웃었다.

정호는 외출을 자제하란 말을 우회적으로 했다. 서린의 눈썹이 위로 올라갔다. 정호의 말뜻을 알아들었다는 것처럼.

"금방 올게, 조금만 기다려."

정호의 말이 희주와 서린 중 누구를 향한 것인지 확신할 수 없었지만, 희주는 웃으며 고개를 끄덕였다.

그녀는 현관 앞에서 정호를 배웅했다.

대문을 향해 멀어지는 그의 뒷모습에 손을 흔들던 희주가 담을 곁눈질했다.

노란 머리카락. 그 아래로 옅은 갈색의 눈썹과 둥글고 커다란 눈.

"뭐야……."

담 끝에 걸린 남자의 얼굴이 희주를 보고 있었다.

11

"밖에 고양이가 있네요."

현관문을 닫고 거실로 들어온 희주가 서린의 맞은편에 앉았다.

"안 좋아 보이는데, 방에 들어가는 게 어때요?"

"괜찮아요. 쉬니까 좀 낫네요."

서린은 입을 다물고 등을 기댔다. 맞은편에 앉은 희주가 찻잔을 집어 들었다.

커다란 창으로 햇살이 들어왔지만, 분위기는 그리 따뜻하지 않았다. 어젯밤의 잔상이 남은 탓도 있었고, 밤새 검색한 지곡동살인사건 때문이기도 했다.

서린은 찻잔을 내려놓는 희주에게 사과했다.

"미안해요. 나 때문에 여기까지 오게 해서."

"제가 하고 싶어서 하는 건데요."

정호의 설명처럼 친절하고 상냥한 여자였다. 먼저 인사를 건네주고, 잡은 손에 적당한 힘을 줘 상대를 편안하게 만들 줄 알았다. 정호와 있을 땐 몰랐는데, 이렇게 보니 스물아홉보다는 더 어려 보였다.

"정호 씨랑 친구였다고 들었어요."

희주의 물음에 서린이 선선히 고개를 끄덕였다.

"대학에서 만났어요. 태현 씨 동생인 건 나중에 알았고."

"태현 씨라면 남편 분인가요?"

희주의 눈이 벽에 걸린 사진에 멈췄다.

그녀의 시선을 따라간 서린이 사진을 보며 대답했다.

"네, 형제인데도 정호랑은 많이 안 닮았죠?"

어깨를 잡던 정호의 모습이 스쳤지만 서린은 애써 생각을 지웠다.

"계속 보니까 닮은 것도 같은데요."

"그래요? 다들 안 닮았다고 하던데."

"눈이 닮았네요."

"네?"

서린의 반응에 희주가 웃으며 손을 저었다.

희주는 언제 그랬냐는 듯 사진에서 눈을 떼고 차를 마셨다.

착각이었나?

큰길에서 갈라지는 좁은 오솔길을 따라 5분은 달려야 도착한다는 걸 생각해보면 독립된 마을처럼 보이기도 했다.

여기엔 왜 온 걸까?

주변을 살펴도 타운하우스를 제외하면 나무와 풀밖에 없는 곳.

약속을 잡고 온 건 아닌지 서린은 철제 담장 앞에 미동 없이 서 있었다.

그녀가 걸음을 뗀 건 몇 분이나 지나서였다. 서린은 타운하우스 입구 반대편을 향해 걸었다. 그 뒤를 희주가 따라 걸었다.

서린은 잃어버린 걸 찾는 사람처럼 몇 번을 왔다갔다거렸다.

찾는 게 이 골든 빌리지 안에 없다는 건 확실했다. 입구에서 정반대로 걸어온 것만 봐도 알 수 있었다.

스스스.

바람이 불자 풀이 우는 소리를 냈다.

그 소리에 오싹 몸이 굳은 희주가 뒤를 돌았다.

깔끔하게 정돈된 빌리지에 비해 담장 바깥은 지저분하다 싶을 정도로 풀이 자라 있었다. 희주는 풀숲을 보며 침을 삼켰다. 코가 시큰거리고 소독약 냄새가 뇌를 쑤셨다. 오른쪽 종아리에서 미미한 근육통까지 느껴졌다.

"안 되겠어요. 경비실에 좀 갔다 올게요."

오솔길까지 갔다 돌아온 서린이 희주에게 통보하고 빌리지 입구로 향했다.

입구로 향하는 그녀를 따라 희주가 무겁게 발을 옮겼다.

경비실은 타운하우스 외관에 걸맞게 컸지만 실용적으로 보이지는 않았다. 경비실 창문에 다가간 서린이 창을 두드렸다. 졸고 있던 경비원이 노크 소리에 놀라 깼다.

"무슨 일이십니까?"

"이 근처에 있는 공예소를 찾는데요."

작은 목소리에 경비원이 인상을 찌푸렸다.

"공…… 뭐요?"

"공예소요."

"공예소?"

"통나무집인데요, 나무로 공예품을 만들던 곳이었어요. 이 근처에 있었던 것 같은데 아무리 찾아봐도 없어서요."

경비원이 공예소, 공예소, 중얼거렸다.

초조하게 기다리던 서린이 한 걸음 떨어져 있는 희주를 보았다. 마주친 시선이 경비원의 말에 흩어졌다.

"아! 그 쪼그만 주택?"

"맞아요, 거기요. 어디 있는지 아세요?"

고개를 주억거린 경비원이 의심스러운 눈초리로 서린을 훑었다.

"근데 그건 왜 물어보나? 아가씨 방송국에서 나왔어?"

"네?"

서린이 대답을 주저하자 경비원이 위협적으로 손을 저었다.

"그냥 가요, 가! 거기 옛날에 허물어서 흔적도 없어!"

서린이 경비원의 팔을 잡았다.

"허물다뇨?"

"여기 지을 때 다 허물어서 볼 것도 없다니까."

"누구 마음대로 거길 허물어요?"

서린의 반응에 경비원이 모자를 벗고 주변을 두리번거렸다.

"주인 동생이 와서 다 정리한 지 오래예요. 방송국에서 나왔나 본데, 찍을 것도 없어. 집 허물고 터만 남았거든."

"주인 동생이요?"

"왜 그 미친놈 동생."

서린이 주춤거리며 뒤로 물러났다.

경비원이 말을 덧붙였다.

"동생이 얼른 허물어달라고 부탁까지 했는데 뭐. 그러니까 포기하고 얼른 가요."

집으로 돌아오는 내내 서린은 입을 다물고 있었다.

눈치를 보던 희주가 어두워진 바깥을 인식하고 거실 불을 켰다.

골든 빌리지에서 돌아온 이후 서린은 줄곧 입을 닫았다.

정호가 온 건 오후 일곱 시가 조금 지나서였다.

희주보다 먼저 일어선 서린이 현관 앞에 섰다.

"물어볼 게 있어."

현관에 선 정호가 서린의 말을 들었다.

"나가서 얘기 할래, 아님⋯⋯."

서린의 눈이 희주에게로 향했다.

"희주 씨를 먼저 보낼래?"

심상치 않은 태도에 정호가 희주를 불렀다.

"차에서 기다릴래? 데려다줄게."

짐을 챙긴 희주가 서린에게 인사를 건네고 나갔다.

희주를 향해 손을 흔든 서린은 현관문을 닫고 바로 본론을 꺼냈다.

"공예소 허물었니?"

정호가 멍한 표정을 지었다.

"공예소 갔다 왔어?"

"공예소 허물었냐고."

"관리할 수가 없었어. 너나 형이나 둘 다 병원에 있었잖아."

"너한테 부탁한 적 없어."

"가족은 나뿐이잖아. 형이 없으니 내가 관리해야지."

"그럼 관리만 했어야지! 왜 거기를 허물어?"

"기약도 없이 관리만 할 수는 없으니까."

"아무리 그래도, 어떻게 네 마음대로 공예소를 없애? 그걸 왜 네마음대로 한 건데?"

거실에 정적이 내려앉았다.

"가봤으니 알겠지. 근처에 집들이 들어섰어."

담담한 말이었다.

"너는 기억 못 하지만 형에 대한 소문이 너무 안 좋아서 두고 볼수가 없었어. 어쩔 수 없었다고."

"소문?"

"너도 겪어봤잖아. 형사들이 드나들면 자연히 수군거리는 사람들이 생겨."

"무슨 소문이었는데?"

"별로 좋은 소문은 아니야."

정호가 서린의 눈을 피해 고개를 돌렸다. 커다란 창으로 두 사람의 모습이 드러났다.

숨이 막히고 어금니가 꽉 다물렸다. 태현의 공예소가 있던 자리를 찾아 헤매면서 끝없는 미로를 헤매는 기분이었다. 도착해야 할 곳도, 길도 있었지만 출구만 없었다.

서린은 그 황망하던 기분을 곱씹으며 눈을 감았다.

"무슨 소문이었냐고 물었어."

"이서린."

"무슨 소문이기에 네가 공예소를 허물었는지 말해줘."

"서린아."

기시감.

말을 멈춘 서린이 가늘게 눈을 떴다. 정호와 대치하고 있는 상황이 낯설지 않았다. 정호와 내가 자주 싸웠던가?

기억을 헤집어봐도 비슷한 기억이 나타나지 않았다.

관자놀이에 손을 올리더니 서린이 비틀거렸다.

"왜 그래?"

서린이 정호의 팔을 쳐냈다.

"희주 씨 바래다줘."

서린은 상처받은 정호의 표정을 외면하고 옆으로 비켜섰다.

정호가 현관문을 서성이다 밖으로 나갔다.

문이 닫히고 홀로 남겨진 서린이 정호가 있던 곳을 향해 손을 들었다.

'네가 무슨 짓을 한 건지 알아?'

이만큼의 거리였다. 이만큼 떨어진 거리에 정호가 있었다.

'모른 척할 수는 없잖아.'

이게 무슨 기억이지?

눈에 보이지 않는 기억이 귓가에 맴돌았다.

4년 전? 2년 전? 어느 시점의 기억인지 확신할 수 없어서 서린은 계속해서 기억을 복기했다.

모른 척 할 수는 없잖아.
네가 무슨 짓을 한 건지 알아?

바뀐 순서를 재배치했다.
정호의 말이 먼저였고, 서린의 원망은 그 다음이었다.
그 후엔? 그 후로 이어진 말이 뭐였지?
기억에 집중할수록 웅웅거리는 소리가 났다. 밖이 아닌 안에서 울리는 소리였다. 태동 같은 소리가 커질수록 정신이 멀어졌다.
다급하게 서재로 들어간 서린이 서랍에서 볼펜과 메모지를 꺼내 기억을 적었다.

원망… 정호를?

어울리지 않는 단어였다. 정호와는 더더욱.

14

차창 밖으로 불이 켜진 가로등이 지나갔다.
지곡동을 벗어난 차는 서울 중심부를 향해 빠르게 달렸다. 담배를 깊게 빨아들인 희주가 느리게 연기를 뱉었다.

사고 때문에 더 그런 건가?

희주는 피우던 담배를 창밖으로 던졌다.

빨간 불빛이 점이 되어 소멸했다.

불쌍한 여자. 왜 이서린의 수식어들 가운데 '불쌍한'이나 '가엾은'은 없는 걸까. 누구보다도 불쌍하고 가엾은 여자인데.

오늘 희주가 본 서린을 사람들이 보았더라면, 그녀에게 붙어 있던 잔인하고 난폭한 수식어는 깨끗이 지워졌을 게 분명했다. 겁먹은 짐승처럼 움츠러든 그녈 본다면 누구든 손가락질을 그만두었을 테니.

창문을 닫자 바람이 차창에 스치는 소리가 시끄러웠다. 머리를 살짝 뒤로 젖던 희주가 정호에게 넌지시 말을 걸었다.

"서린 씨랑 싸웠어?"

"아니야, 그냥⋯⋯."

머뭇거리던 정호의 목울대가 움직였다.

"오해를 좀 한 것 같아, 서린이가."

"오해?"

오해라. 무슨 일이 있었는지 짐작이 갔다. 공예소를 허문 걸로 이서린과 싸웠겠지.

경비원의 말을 듣고 창백하게 질린 서린이 생각나 뱃속이 간지러웠다. 멍청한 얼굴로 자신을 챙기던 배려심이 기특하고 우스웠다.

빨간불을 무시한 차가 속도를 높였다. 정호는 엑셀러레이터를 밟고 있는 것도 모르는 눈치였다.

희주가 팔을 뻗었다.

핸들을 잡고 있는 정호의 손을 덮자, 속도계가 천천히 내려갔다.

거짓말을 못 해도, 정말 못 하는 남자.

한눈에 모두 보이는 게 서린과 비슷하단 생각도 들었다.

'가족 같은 사이야.'

코웃음치고 넘겼던 고백에 신뢰가 생겼다. 피를 나누지는 않았지만 정호와 서린은 닮은 구석이 많았다.

"형에 대한 건 얘기 안 해줄 거야?"

희주는 정호의 대답을 기다리며 입을 다물었다.

"형은⋯⋯."

멀리 희주의 오피스텔이 보였다.

"좋은 사람이야."

정호는 희주가 더 묻기 전에 라디오를 켜고 볼륨을 높였다. 회피하려는 모습이 당당했다.

"평범한 사람."

라디오에서 나오는 노래에 묻혀 희미하기는 했지만, 희주는 정호의 뒷말을 똑똑히 들었다.

좋은 사람과 평범한 사람.

어울리지 않는 어색한 표현이었다.

15

책상에 엎드려 잠깐 눈을 붙인다는 게 일어나니 새벽 두 시였다.

의자를 벗어나 서재를 나오자 거실이 어두웠다. 스탠드 불을 켜고 확인하니 소파가 비어 있었다.

현관으로 가 살펴도 정호의 신발이 없었다.

부엌으로 간 서린은 컵에 물을 따라 마셨다. 식탁 한편에 정호가 정리해둔 약봉지가 시간별로 나뉘어 있었다.

'희주 씨 바래다줘.'

냉정한 말에 상처받던 정호의 얼굴이 튀어 올랐다. 서린은 그때 정호에게 향한 감정이 정처 잃은 분노였다는 걸 알았다.

그렇게까지 몰아붙이지 않아도 되는 일이었다. 적당히 속상함을 표현하고 그의 이야기를 들으면 끝날 일이었다. 부지불식간에 떠오른 기억이 아니었다면, 감정에 취해 정호를 붙잡고 울었을 것이다. 그에게 쏟아낼 건 분노보다는 한탄이 더 어울렸다.

미안하다고 하자.

따져보면 정호의 말이 영 틀린 것도 아니었다. 다만 마음에 걸렸던 건 그가 말한 '소문'이었다.

'너는 기억 못 하지만 형에 대한 소문이 너무 안 좋아서 두고 볼 수가 없었어. 어쩔 수 없었다고.'

두고 볼 수 없을 정도의 소문.

태현이 살인 용의자라서?

추락사고로 식물인간이 돼서?

뻗어가는 가능성이 많아 단정 지을 수도 없었다. 식탁 위에 컵을 올려둔 서린이 약봉지를 집었다.

'식후복용'

겉면에 정호의 글씨가 적혀 있었다.

시계를 확인한 후, 서린이 가디건을 걸치고 지갑을 챙겼다. 주택가 입구에 있던 편의점이 생각나 다행이었다.

간단한 먹을거리를 사서 배를 채우자. 그런 다음 약을 먹고 잠들면 된다.

현관을 나와 빠른 걸음으로 마당을 가로질렀다. 풀벌레 소리도 들리지 않는 새벽이었다. 서린은 바람이 들지 않도록 가디건을 여몄다. 몸이 으슬으슬 떨렸다.

새벽 시간이었지만 편의점을 찾는 사람들이 생각보다 많았다.

서린이 우유와 빵, 초콜릿을 고르는 중에도 문에 달린 풍경이 심심치 않게 울렸다. 대충 먹을거리를 골라 계산대로 가자 피곤한 기색이 역력한 아르바이트생이 바코드를 찍었다.

"3700원입니다."

서린은 잔돈과 함께 검은 봉지를 받아들었다. 바스락거리는 소리에 식욕이 몸집을 불렸다.

옆으로 몸을 틀던 서린이 뒤에 서 있던 남자와 부딪혔다. 남자가 들고 있던 맥주 캔이 바닥으로 떨어졌다.

"죄송해요."

서린이 바닥에 떨어진 맥주 캔을 주워 남자에게 내밀었다. 옅은 술 냄새가 풍겼다. 건네받던 남자의 손이 서린의 손을 쓸었다. 놀란 서린이 손을 빼자, 맥주 캔이 다시 바닥으로 떨어졌다. 남자가 웃었다.

"괜찮습니다. 제가 주울게요."

서린의 뒷걸음에 아르바이트생이 남자와 그녀를 번갈아 쳐다봤다.

캔을 주운 남자가 계산대에 올려놓았다. 자연스러운 행동이었다.

서린은 편의점을 나와 집을 향해 빠르게 걸었다.

가디건이 열려 찬바람이 들었지만 여밀 정신이 없었다.

뒤에서 딸랑이는 풍경소리가 들렸다. 뒤돌아보자 편의점을 나온 남자가 서린 쪽으로 오고 있었다.

따라오는 걸까?

서린의 걸음이 더욱 빨라졌다. 바스락거리는 봉지 소리에 손끝이 쿵쿵거리며 뛰었다.

주택가에 진입한 서린이 숨을 헉헉대며 뛰었다. 멈출 수가 없었다. 멈추는 순간 남자에게 잡힐지도 모른단 상상이 공포심을 자극했다.

뒤에 있을까? 가는 길이 같았던 게 아닐까? 내가 너무 예민한 건 아닐까? 아무런 악의가 없는 사람을 내가 오해한 건 아닐까?

남자에 대한 공포심을 덜어내기 위한 생각이 꼬리를 물고 이어졌다. 주택가 중간을 지나면서 서린의 걸음이 느려졌다.

뒤를 돌자.

하나, 둘, 셋 하고 뒤돌아서 남자가 없는 걸 확인하자.

그런 다음 편하게 집으로 가자.

심호흡한 서린이 가로등 밑에서 걸음을 멈췄다. 다른 소리는 들리지 않았다. 대로변에서 차가 지나는 소리만이 정적을 깼다.

서린은 주춤주춤 몸을 돌렸다. 불빛이 닿는 어디에서도 남자는 보이지 않았다.

긴장이 풀리자 한기가 더 강하게 몸을 몰아붙였다.

그것 봐. 기우였잖아. 아무런 일도 없어.

스스로를 속이기 위해 되뇐 말이 진짜였다는 생각에 안심이 됐다.

서린은 허탈한 숨을 뱉고 집으로 향했다. 집까지는 서른 걸음, 보폭을 크게 한다면 스무 걸음이면 족했다.

터질 듯 뛰던 심장이 아까와는 다르게 얌전했다. 허탈함보다는 다행스럽다는 마음이 더 컸다. 오해였다고는 해도 생존의 기로를 경험한 것과 같았다.

"생존……."

대문 앞에 우뚝 선 건 자의와 타의, 그 사이에 놓인 이유 때문이었다.

먼 곳에서 하나의 단어가 넘실거리며 날아왔다.

닿을 듯 말 듯한 기억이었다.

'……생존자.'

누구의 말이지?

대문을 잡은 손에 힘이 들어갔다. 기억이 위태롭게 흔들렸다.

저는…… 생존자예요.

누가?

누가 생존자란 거야?

머그컵 손잡이를 쥔 손가락이 불쑥 끼어들고, 은은한 커피향이 코를 간질였다.

멀지 않은 곳에서 딸랑이는 풍경소리가 들려온다. 편의점에서 들리는 소리가 아니다. 이건 뇌 한구석에 숨어 있던 기억이다.

보라색 블라우스 소매가 지나가고, 브랜드 로고가 그려진 머그컵이 보인다. 여자의 손이 서린의 시야 안으로 들어오지만 끝끝내 얼굴은 나타나지 않는다.

저는…… 생존자예요.

당신이 대체 누군데? 봉지를 떨어뜨린 서린이 가슴에 손을 얹고

숨을 쉬었다. 선명해지던 기억이 돌연 작동을 멈추고 여자의 말을
반복적으로 흘려보냈다.

저는 그 사건의 생존자예요.

16

F_CKILL
헉 대박씌! 님들 저 방송국에서 연락 왔음

F_CKILL
살인사건 났던 집에 들어가는 여자 봤다고 트윗 한 거 보고 연락
옴ㅋㅋㅋㅋㅋㅋㅋ이게 뭔일이야

w0wzzi
방송국에서 왜????

F_CKILL
이번에 그 사건으로 방송하는데 질문해도 되냐고ㅋㅋㅋㅋㅋㅋ
근데 나 눈 마주친 거 말고는 말할 게 없어서 거절함ㅋㅋㅋㅋㅋ

w0wzzi
혹시 방송국 습스?????????

F_CKILL

ㅇㅇㅇㅇㅇㅇㅇㅇㅇㅇ대박이지?

F_CKILL

존트 당황해씀 진짜ㅋㅋㅋㅋㅋㅋㅋ

강윤성

지곡동 연쇄살인 말하는 거야?

F_CKILL

ㅇㅇㅇㅇㅇㅇㅇㅇ

강윤성

방송 언제 하는데?

F_CKILL

그건 모름 그냥 인터뷰 요청만 받아서...쨌든 방송국 연락받아서
싱긔방긔

w0wzzi

자료화면으로 트윗 나가면 어떡함??ㅋㅋㅋㅋ

F_CKILL

앗...앙대...!

강윤성

그 여자 지곡동에 있는 거지?

F_CKILL

아마도?? 그 집에 들어가는 것만 봄

w0wzzi

궁금한 거 있는데 범인 가족이야?? 그 여자가??

F_CKILL

그런 거 가틈 예전에 한번 본거기는 한데 닮음

강윤성

어떻게 생겼는데?

F_CKILL

연예인 누구 닮았는데 생각이 안남ㅠㅋ...단발머리에 165정도?

F_CKILL

예전에 봤을 때랑 많이 안 달라졌던데 그래서 알아봄

강윤성

아 땡큐ㅋㅋ

욕조에 걸터앉은 윤성이 휘파람을 불었다.

범인의 가족. 그것도 여자라면 떠오르는 사람은 볼 것도 없이 이서린뿐이었다.

"이서린이라고 기억해?"

욕조에 가득 담긴 차가운 물이 찰랑이며 옷을 적셨다.

손으로 물을 퍼낸 윤성이 준성의 맨 어깨에 물을 부었다.

타원형으로 부푼 화상 자국에 물이 닿자 준성의 몸이 비실비실 떨렸다.

"추워."

"기다려. 깨끗하게 씻어야지."

추락사고로 인한 코마 상태라는 게 마지막으로 들은 소식이었다.

윤성이 미국으로 떠난 직후 벌어진 사고였기에 소식을 전해 듣는데 시간이 걸렸다. 윤성은 반복적으로 준성의 어깨에 물을 적시다 그의 뒷머리를 잡고 물에 담갔다.

버둥거리는 팔이 욕조 바깥으로 나오려 움직였다.

"가만히 있어 봐. 얼굴도 씻어야 할 거 아냐."

윤성의 팔을 잡은 손이 부들거리더니, 얼마 되지 않아 물에 처박힌 몸까지 얌전해졌다.

윤성은 파장을 멈춘 수면을 보다 뒷머리에서 손을 뗐다.

"깨끗해졌네, 이제."

겨우 고개를 든 준성의 코에서 피가 흘렀다.

뚝.

뚝.

굵은 핏방울이 가슴팍을 지나 수면 위로 떨어졌다. 가슴이 들썩일 때마다 총알처럼 떨어진 핏방울이 흩어지며 퍼져갔다.

"2주 남았어. 아버지 오시기 전까지 형이랑 내가 오붓하게 보낼 시간."

"피……."

피가 눈으로 들어갔는지 준성의 오른쪽 눈이 지나치게 빨개졌다.

윤성은 욕조 마개를 빼 남은 물을 흘려보냈다. 꾸르륵 소리를 낸 구멍이 허겁지겁 욕조의 물을 삼켰다. 지느러미처럼 흩어지던 핏물이 금세 자취를 감췄다.

"배고프다. 밥 먹자, 형."

17

정호는 아침이 밝아도 돌아오지 않았다.

서린으로선 차라리 다행이었다. 복잡한 상태로 정호와 있어 봐야 기분이 나아질 리 없었다.

소파에 앉아 우유를 마시고, 빵을 씹어 삼키면서도 머릿속은 새벽의 일로 가득했다.

저는 그 사건의 생존자예요.

여자의 말이란 건 확실했다.

머그컵을 쥔 손과 높고 부드러운 톤의 목소리는 분명 남자의 것은 아니었다.

내게 말한 거였을까? 우연히 들은 게 아니라, 나를 보고 내 눈을 보며 말한 게 맞을까?

되풀이되는 기억은 여자의 얼굴을 보여주지 않았다. 스냅사진처럼 정지된 영상이 계속해서 반복될 뿐이었다.

생존자.

서린은 그 단어를 되씹었다. 결코 가벼운 단어가 아니었다. 아무나 붙잡고 '저는 생존자예요' 말할 수는 없었다. 스스로를 '생존자'라고 말하기 위해선 전제되어야 할 게 있었다.

'저는 그 사건의 생존자예요.'

그 사건. 여자가 말한 '그 사건'은 뭘까.

단편적으로 떠오른 기억은 전후 장면을 보여주지 않았다.

여자가 왜 자신에게 그 말을 한 것인지, 여자는 누구인지, 언제의 기억인지 줄줄이 따라오는 질문은 있었지만 대답할 수는 없었다.

정호는 알고 있을까?

정호에게 묻는다면, 대답해줄 수 있을까?

서린은 피곤한 눈을 감고 마른세수를 했다. 메모지에 휘갈겨 써둔 '생존자… 누구?'라는 기억의 조각이 자리를 잃고 방황했다.

딩동.

초인종이 울렸다. 예상치 못한 방문이었다. 오전 7시. 집에 찾아올 만한 사람이 없었다.

서린이 인터폰 수화기를 들었다.

"계신가요?"

젊은 남자의 목소리. 목소리만으로는 누구인지 알 수 없었다.

"누구시죠?"

"아, 계셨네요. 저희는 방송국에서 나왔는데요."

"방송국이요?"

서린은 수화기를 든 채 창밖을 향해 목을 뺐다.

담이 높아 바깥의 상황이 보이지 않았다.

"지곡동에서 있었던 사건을 조사하고 있습니다. 몇 가지 묻고 싶은데요."

"사건이요?"

"이서린 씨, 맞으시죠?"

상대는 자신의 이름을 알고 있었다.

어떻게? 상대에게 물으려던 찰나, 수화기 건너편에서 정호의 성난 소리가 들렸다.

"당신들 뭡니까?"

"사장님, 안녕하세요. 저희는 방송국……."

"할 말 없다고 했잖아요!"

"사장님, 그게 아니라, 몇 가지……."

"경찰 부르기 전에 가세요. 귀찮게 하지 말고 가시라고요!"

서린은 수화기를 내려놓지 않았다.

수화기 속 남자가 정호와 실랑이를 이어갔다.

"한태현 씨에 대해 몇 가지만 물으려고 합니다. 사건과 무관하시다면 억울함을 풀 수 있게 도와드릴게요."

"당신들한테 부탁할 거 없습니다. 그냥 가요."

한태현.

남자는 태현의 이름을 불렀다.

"전에 그러셨잖아요. 억울하다고."

정호가 잠잠했다. 남자의 손에 들린 수화기가 멀어졌는지 소리가 작아졌다.

"한태현 씨가 범인이라고 몰아가려는 게 아닙니다. 그냥 사실만, 사실만 촬영을 하자는 거예요."

"찾아오지 마세요. 이게 제 마지막 경고입니다."

대문이 열렸다.

수화기를 원래 자리에 둔 서린이 현관으로 가 문을 열었다.

마당을 지나던 정호가 그녀를 보고 놀란 표정을 지었다.

"일어나 있었어?"

대문 밖에서 남자가 정호를 불렀다. '사장님!' 절박한 외침이었다.

"누구야?"

"아무도 아니야."

서린의 손목을 잡고 정호가 집으로 들어가 문을 닫았다.

"희주 몸이 안 좋아서 오늘은 내가 있을 거야."

정호는 거실 소파에 앉아 말했다.

테이블 위, 뜯어진 우유와 빵 봉지를 보자 그의 눈썹이 위로 올라갔다.

"밥 안 먹었어?"

"먹었어. 저건 그냥 간식."

서린이 어제 일에 대해 말하려다 말을 삼켰다. 소파에 기댄 정호는 지친 기색이 역력했다.

"좀 쉴래?"

"미안. 잠깐 눈 좀 붙일게."

담요를 꺼내와 정호를 덮어주었다.

소파에 깊숙이 파묻힌 정호의 숨이 삽시간에 규칙적으로 변했다.

서린은 오르내리는 그의 가슴을 보며 남자의 말을 생각했다.

'전에 그러셨잖아요. 억울하다고.'

억울하다고?

생각해보면 정호는 서린이 퇴원한 이후 단 한 번도 먼저 태현을 입에 올린 적이 없었다. 배려일 수도 있었지만, 태현을 잊으려는 몸부림처럼 보이기도 했다.

소문 때문일까? 사람들의 의심과 말이 정호에게서 태현을 멀어지게 만든 걸까?

"아냐."

그런 이유 때문은 아닐 것이다. 고작 그런 이유로 정호가 태현에게서 멀어질 리 없다.

정호는 태현을 위해서라면 죽을 수도 있는 사람이다. 결혼 전 있었던 교통사고만 떠올려봐도 그렇다.

사고는 터널에서 일어난 연쇄추돌사고로 아홉 대의 차가 완파되거나 반파됐고, 일곱 명이 다쳤으며 네 명이 죽은 큰 사고였다. 그 차들 사이에 태현과 정호도 있었다. 부모의 납골당에 다녀오던 길이었다.

현장에서 정호는 곧바로 구조됐지만, 태현은 핸들 밑으로 다리가 끼어 움직일 수 없었다. 사람들은 2차 피해를 위해 차에서 멀어졌지만 정호는 차로 돌아가 태현을 꺼내기 위해 노력했다. 더 큰 사고가 날 수도 있는 상황이었다. 떨어지라는 태현의 외침에도 정호는 물러서지 않았다.

무사히 태현이 구출되고 두 사람이 병원에 입원한 동안, 태현은 줄곧 그 순간에 대해 이야기했다. 죽음이 가까워져 있을 때 자신의 손을 잡아준 동생. 그 동생을 위해 자신도 기꺼이 목숨을 내놓을 수 있단 게 태현의 다짐이었고 약속이었다. 정호도 마찬가지였다. 하나뿐인 가족이자 형을 위해서라면 기꺼이 죽음도 감수할 수 있다.

그게 서린이 아는 정호였고, 태현이었다.

그런 정호가 태현을 등한시한다고? 겨우 소문 때문에?

소리 나지 않게 현관문을 연 서린이 대문으로 갔다.

이미 가버린 건지 대문밖엔 아무도 없었다.

주택가 끝과 담 끝을 살피던 서린이 대문 인터폰에 붙어 있는 명함을 발견했다.

SBC 방송국 한형조.

……사건과 무관하시다면 억울함을 풀 수 있게 도와드릴게요.

저는 그 사건의 생존자예요.

서로 다른 목소리가 서린의 귓가에 속삭였다.

18

카페는 한산했다.

테이블 사이 거리가 멀었고, 음악소리가 컸다. 유쾌하지 않은 이야기를 나누기에는 안성맞춤인 곳이었다.

"연락 주실 거라곤 생각도 못 했네요."

블루셔츠를 입은 남자가 악수를 청했다.

남자의 손을 잡던 서린이 까끌까끌한 목으로 침을 넘겼다.

'기자들이 많이 찾아왔었어.'

집으로 돌아온 날 정호가 해준 말이 머릿속에서 회전했다.

어쩌면 앞에 앉은 남자가 집을 찾아왔던 사람 중 하나인지도 모른다. 그 생각에 숨이 조여왔다. 서린의 시선이 도피처를 찾아 테이블 아래로 내려갔다.

남자의 발밑에 카메라 가방이 놓여 있었다.

'도와드릴게요.'

회전하던 정호의 말이 도와주겠단 남자의 말로 색을 바꿨다. 서린은 두어 번 목을 가다듬고 의자에 앉았다.

이해할 수 없는 정호보다는 호기심을 해결하려는 이쪽이 더 도움이 될 듯했다. 집으로 찾아온 적극적인 행동만 봐도 알 수 있었다. 이쪽은 진실을 알고 싶어 한다. 그건 서린도 비슷했다.

"사고 소식 듣고 많이 놀랐어요."

한피디 옆에 앉은 김작가의 말에 서린이 그녀와 눈을 맞췄다.

"저희랑 인터뷰한 이후였잖아요. 괜히 찜찜하고 좀 그렇더라고요."

"인터뷰요?"

김작가가 난처한 듯 웃었다.

"사고 이후로 촬영 접고, 저희도 조금 쉬었어요. 아무래도 좀 그래서……."

"근데 왜 다시 찾아오셨어요?"

생각 없이 나간 뾰족한 물음에 한피디와 김작가가 눈을 마주쳤다.

"해결이 안 된 사건이기도 하고, 저희가 잡고 있다 놓친 사건이기도 하고. 이유야 대라면 대겠지만, 사실 이서린 씨가 깨어났다는 게 가장 큰 이유죠."

서린의 눈치를 살피던 한피디가 사진을 꺼냈다.

"사실 새로운 증거가 하나 나왔습니다."

한피디가 내민 건 지퍼백에 담긴 손바닥 크기의 즉석사진이었다.

밤에 찍었는지 사진 위쪽은 온통 까맸고, 아래쪽으론 등을 돌린 인물의 상반신이 보였다.

길고 검은 머리카락이 금방이라도 흔들릴 것처럼 생생하게 빛났다.

"알아보시겠어요?"

김작가의 조심스러운 물음에 서린이 고개를 저었다.

"잘 모르겠는데요."

"배경을 한번 보시겠어요?"

서린은 사진을 들고 피사체 뒤의 배경을 살폈다.

어두운 밤, 주변을 에워싼 건 그냥 어둠이 아니라 나무였다. 사진을 훑던 서린의 눈이 사진 왼쪽에 닿았다. 외국영화에서나 나올 법한 통나무집의 끄트머리가 사진 속에 있었다.

"여기가 뭐 어떻다는 거죠?"

서린이 무시하듯 탁자에 내려둔 사진의 오른쪽 구석을 가리키며 한피디가 말했다.

"도끼예요."

"예?"

"여기, 도끼요."

서린의 눈이 한피디의 손가락 끝을 따라갔다. 도끼. 희미하긴 했지만 분명 도끼였다.

"저희도 제보 받은 거거든요. 익명으로 왔어요. 한태현 씨 공예소라고."

"이게 무슨 증건데요?"

목소리가 떨렸다.

서린은 테이블 아래로 손을 내리고 옷자락을 쥐었다. 무엇이든 잡고 버틸 게 필요했다.

"제보자 말로는 사진에 찍힌 게 피해자 중 한 명이라고 하더군요."

한피디의 말이 끝나기 무섭게 김작가가 이어 말했다.

"폴라로이드 사진이라 화질이 떨어지기는 한데, 저희는 사진 속 인물이 사건의 세 번째 피해자라고 생각하고 있어요. 물론 사진에 대해선 경찰에도 알렸고요."

말을 마친 김작가가 사진을 거둬갔다. 세 사람은 약속이라도 한 것처럼 입을 닫았다.

"제가……."

서린이 두 사람을 향해 고개를 들었다. 의미 모를 팝송 가사가 테이블 주변을 채웠다.

"사건에 대해 좀 알고 싶은데요."

19

현관문이 열리고 닫혔지만 맞아주는 이는 없었다.

신을 벗고 집으로 들어섰다. 정호는 여전히 소파에 누워 잠들어 있었다.

서린은 외투를 벗어 소파 옆에 올려두고 서재로 들어가 컴퓨터 앞에 앉았다. 사건에 대해 알고 싶다는 부탁에 입을 뗀 한피디와 김작가의 모습이 생생했다.

"기억이 없어요. 사고 이전 2년간의 기억이."

서린이 꺼내놓은 말에 한피디는 되묻지도 못한 채 입을 벌렸다.

김작가는 손에 들고 있던 볼펜을 잘근잘근 씹었다.

"그럼 사건에 대한……."

한피디의 목소리가 작아지자 서린의 어깨가 움츠러들었다.

"기억이 전혀 없는 건가요?"

"……네, 아무것도요."

"저희랑 만났던 건요?"

김작가가 볼펜을 테이블 위에 내려두었다.

"모르겠어요."

한피디의 손가락이 김작가 쪽 테이블을 두드렸다.

서린에게 양해를 구한 두 사람이 테라스로 나갔다.

서린의 눈치를 보며 이야기하던 김작가가 먼저 자리로 돌아와 앉았다.

김작가는 수첩 종이를 찢어 서린에게 내밀었다.

"사고 이전에 찍었던 영상하고 자료를 보내드릴게요. 서린 씨가 인터뷰했던 것도 거기 찍혀 있을 거예요."

"제가 봐도 되나요?"

"이 정도는 해야죠."

서린은 과거에 사용하던 작업용 메일 주소를 적어 김작가에게 건넸다.

오랜만에 사용하는 주소가 어색해서 세 번이나 썼다 지우기를 반복했다.

마지막으로 밑줄 친 아래 완성된 메일 주소를 적었다. 건네받은 김작가가 고개를 끄덕였다.

"여기로 보내드릴게요."

"고맙습니다."

"서린 씨."

김작가가 낮은 목소리로 그녀를 불렀다.

"미안해요. 이렇게 찾아와서."

카메라를 정리한 한피디와 김작가는 인사를 남기고 떠났다. 기억이 없다는 말에 인터뷰 진행이 힘들다고 생각한 모양이었다.

서린은 자리에서 일어서기 전까지도 옷자락이 땀에 젖어 있다는 것을 깨닫지 못했다.

긴장감. 이유 모를 긴장감 때문이었다.

"뭐해?"

서린이 넋을 놓고 있던 사이 언제 일어났는지 정호가 서재 문 앞에 기대 있었다.

서린은 괜스레 책상 서랍을 열었다 닫았다.

"찾는 게 있어서."

"뭐 찾는데?"

"펜 좀 찾느라."

서랍에서 딸려온 펜을 손에 들고 흔들자 정호의 미간이 부드럽게 풀렸다.

"밥 먹자. 약도 먹어야지."

"응, 갈게."

정호가 충분히 멀어졌음을 확인한 후, 서린이 책상 위 메모지를 내려다보았다.

원망… 정호를?
생존자… 누구?

영상 속에 이 질문의 답이 있을까?
메모지를 서랍에 넣고 서린은 의자에서 일어섰다.

20

신경정신과 대기실은 봄을 맞아 따뜻한 분위기로 가득했다.

계절이 사람들의 감정도 조절하는지 대기석에 앉은 얼굴들이 지난겨울 방문했을 때보다 밝아 보였다. 희주는 예약 확인을 위해 데스크로 갔다.

간호사가 이름을 물었다.

"배희주…… 아니, 배지연이요."

마스크로 꽁꽁 숨겨도 병원 냄새는 섬유 사이를 비집고 들어와 코를 괴롭혔다.

잠시 기다리란 간호사의 말에 희주가 손수건으로 마스크 위를 덮었다.

예약한 보람도 없이 시계는 예약 시간으로부터 10분이 훌쩍 지나 있었다.

"죄송해요, 앞에 환자가 아직 안 나와서……."

희주는 대충 고개를 주억거렸다. 화를 낸다고 해서 나아질 일이
아니었다.

"얼마나 더 기다려야 할까요?"

"5분 정도만 기다리시면 돼요."

5분. 별로 길지 않은 시간이었지만 지금 희주의 상태론 길어도 너
무 긴 시간이었다.

스치며 맡았던 냄새에도 잠을 이루지 못했고, 아침이 돼선 근육이
팽팽하게 당겨져 몸이 찢기는 고통이 몰려왔다.

진통제를 먹고 마사지를 해도 육체의 고통은 계속됐다. 밤새 끙
끙 앓고 병원이 열릴 시간이 되자마자 예약을 해 달려온 참이었다.

이렇게까지 스트레스를 받을 줄은 몰랐는데.

스트레스, 자세히 말하자면 공포심과 긴장감이 더해져 만들어낸
고통이었다. 더구나 지워지지 않는 병원 냄새를 하루 종일 맡았으
니 고통이 극대화되는 건 당연한 일이었다.

"배지연 님."

진료실을 나온 간호사가 희주를 불렀다.

희주가 무거운 몸을 일으켜 세웠다.

걸음마다 근육이 조이는 고통이 동반됐다. 한 걸음 내딛는 게 고
역이었다.

"오랜만이네요."

"네, 그러게요."

의사는 희주를 알은 체했다.

작년까지만 해도 주기적으로 상담을 받았던 곳이라 그런지 몸은
익숙하게 소파에 앉아 상담을 기다렸다.

"그동안 어떻게 지냈어요?"

"괜찮게 지냈어요."

"잠은 잘 잤고요?"

"그럭저럭."

"식사는?"

"꾸준히 챙겨 먹었던 것 같아요."

"좋아요. 그럼 오늘 온 건?"

"냄새 때문에 왔어요."

의사가 다리를 꼬며 볼펜 뚜껑을 열었다.

"속이 좋지 않은가요?"

"속도 안 좋고, 몸도 아파요."

"약은 먹었고요?"

"진통제를 먹긴 했는데……."

"효과가 없었나 보네요."

"네."

"지연 씨, 최근에도 이렇게 냄새 때문에 아팠던 적 있어요?"

희주가 눈을 끔뻑거렸다.

"없었던 것 같아요."

"그럼 언제부터 다시 냄새가 신경 쓰인 거예요?"

"얼마 안 됐어요. 일주일쯤."

"계기가 있었나요?"

"누굴 좀 만나야 했는데……. 그거 때문인 것 같아요. 신경을 좀
많이 썼거든요."

차트에 뭔가를 적던 의사가 희주의 얼굴 위로 손을 뻗었다.

"냄새가 나요?"

희주는 마스크를 내리고 냄새를 맡았다. 코를 찌르던 소독약 냄새가 의사에게선 나지 않았다.

"아뇨, 안 나요."

"냄새 때문에 힘든 거 말고는 잠도 잘 자는 거죠?"

반대로 다리를 꼰 의사가 차트를 정리했다.

"전에도 말했지만 지연 씨가 느끼는 고통은 환청이나 환시랑 비슷한 종류의 고통이에요. 몸이 아픈 것도 아니고, 실제로 고통을 느끼는 것도 아니고. 그냥 지연 씨가 그렇게 느끼는 거예요. 냄새가 난다. 나는 아프다. 이 냄새 때문에 몸이 아프다."

의사의 말은 누구보다 희주가 제일 잘 알고 있었다. 고통 없는 고통이었고, 병명 없는 증상이었다. 지난 10년간 희주는 냄새를 버텨내야 했다. 실제로는 어디에서도, 누구에게도 나지 않는 소독약 냄새가 작은 자극에도 스위치를 켰다.

자극은 과거를 떠올리는 사물일 때도 있었고, 악몽일 때도 있었으며 어쩔 땐 무엇이 자극이었는지도 모른 채 시작되기도 했다.

"약은 도움이 안 될 거예요. 머리에서 이걸 고통으로 인식하고 있으니까, 고통이 아니라고 머리가 인식하는 게 제일 빨라요."

실체가 없는 증상과는 다르게 고통은 무지막지한 힘으로 희주를 눌렀다.

뇌가 만들어낸 가짜 고통이라지만, 정도를 넘어선 고통은 젓가락으로 관자놀이를 파내고 싶단 생각이 들 정도였다.

"잠이라도 좀 편하게 자고 싶어요."

희주의 부탁에 의사가 어쩔 수 없다는 듯 웃었다.

"3일 분. 충분하죠?"

희주는 진료실을 나와 데스크에서 처방전을 받았다.

스틸녹스.

지난 몇 년간 지겹게 봤던 약이었다.

의존까지는 아니었지만 약이 없는 날과 있는 날의 차이는 확연히 달랐다. 수면의 가능성을 좌지우지하는 약이다 보니 아침에 눈을 뜨는 순간부터 밤을 걱정하게 만드는 약이었다.

'잠이 오지 않으면 어떡하지.'

'끔찍한 고통이 찾아오면 어떡하지.'

이런 종류의 걱정과 불안을 잠재우기 위해 약이 필요했다. 1년 전까지는 그랬다.

"예약했는데요."

희주 옆으로 모자를 눌러쓴 젊은 남자가 섰다. 남자의 어깨가 희주의 어깨를 쳤다.

위협당한 달팽이처럼 어깨를 웅크린 희주가 남자를 보았다.

얼굴로 내려앉은 그늘 때문에 그의 얼굴이 보이지 않았다.

그가 설핏 고개를 숙였다.

"죄송합니다. 형 때문에 정신이 없어서."

남자가 대기석을 향해 뒤로 돌았다.

대기석에는 장발의 남자가 양손을 들고 손톱을 물어뜯고 있었다.

거무죽죽한 피가 새끼손가락에서 흘러 바닥으로 떨어졌다.

저 정도면 중증 아닌가?

신경정신과에 많은 사람들이 찾아온다지만 희주가 보기에 남자의 형은 상태가 좋아 보이지 않았다. 통원치료보다는 입원치료가 필요한 사람으로 보였다.

처방전을 든 희주가 남자를 지나쳐 신경정신과를 나갔다.

간호사가 윤성에게 이름을 물었다.

"성함이 어떻게 되시죠?"

"강준성으로 예약했습니다."

윤성은 간호사가 내민 종이에 인적사항을 적고 대기석으로 돌아갔다.

엘리베이터로 향하는 동안 희주는 대기석에 앉은 남자와 남자의 형을 관찰했다.

모자를 눌러 쓴 남자는 이십대 초반 같았고, 남자의 형은 장발로 인해 얼굴이 보이지 않았다. 희주가 볼 수 있는 거라곤 남자의 형이 고개를 숙인 채로 연신 손톱을 물어뜯는다는 것과 손목에 묶여 있던 자국이 선명하다는 것뿐이었다.

띵.

도착한 엘리베이터에 몸을 실으며 희주는 마스크로 얼굴을 가렸다.

희주도, 남자의 형도 이곳에선 모두 가면이 벗겨진 사람들이었다.

21

지곡동사건_김지성형사인터뷰자료_20170408.hwp

질문자: 피디 A / 답변자: 지곡경찰서 강력1팀 소속 김지성 형사 B
촬영 전 사전 서면 인터뷰 내용

첫 번째 사건 | 피해자 강미라. 24세.

2016년 5월 20일 오전 2시 20분경 같은 오피스텔에 사는 신고자에 의
해 발견됐으며 발견 당시 사망상태.

부검결과 직접적 사인은 손으로 목을 졸라 질식시킨 것으로 보임.

후두부 가격으로 저항하지 못한 상태에서 목을 조른 것으로 추정.

사망 후 다섯 시간이 지나지 않은 상태였고, 성폭행 흔적은 나오지 않음.

피해자 것으로 보이는 가방과 소지품은 피해자 옆에서 발견됐으며,
CCTV를 확인했지만 주차장 CCTV에서 피해자의 모습이 보이지는 않
았음.

유족에 따르면 고등학교 시절 집 마당에 널어둔 속옷과 옷, 가방과 화
장품이 사라진 이후 경계심이 많아졌으며, 오피스텔로 이사한 것 또한
하숙집에서 발견된 몰래카메라 때문이라고.

두 번째 사건 | 피해자 이유리. 19세.

2016년 6월 18일 오전 4시 40분경 청소 중이던 미화원이 지곡초등학
교 운동장에서 발견.

부검결과는 앞 사건과 동일. 몸 곳곳에 방어흔 다수.

사망 시간은 17일 오후 9시에서 12시 사이로 추정되며 이유리 양의 유
족들은 피해자가 트라우마를 이겨내기 위해 평소 호신술을 배우고 저
녁마다 운동장을 뛰었다고 설명.

17일 당시 돌아오지 않는 피해자를 찾아 피해자의 아버지가 운동장에 갔

지만 찾을 수 없었고(오후 9시경) 곧바로 경찰에 신고했으나······.

첫 번째 피해자와 다른 점은 몸에 가해진 폭력의 정도가 제압을 넘어섰다는 점.

피해자가 평소 호신술을 배웠다는 걸 생각해보면 격렬하게 저항했을 가능성 높음.

세 번째 사건 | 피해자 안소리. 17세.

2016년 7월 5일 오전 3시 40분경 지곡천 산책로 조성을 위해 공사 중이던 현장에서 인부가 발견.

부검결과 앞 사건과 동일하게 둔기로 후두부를 내리치고 목을 조른 것으로 보이나 목에 생긴 자국이 두 개인 걸로 보아 범인이 주저했거나 혹은 공범의 가능성 있음.

사망시간은 이틀 전(3일)으로 추정.

신고자에 의하면 3일과 4일 이틀 연속으로 비가 내려 현장 작업이 중지됐다고.

위 두 사건과 다르게 시체가 얕게 묻혀 있었음.

서면 인터뷰 내용

A: 피해자들의 사인이 비슷해 보입니다.

B: 실제로도 거의 같습니다. 세 명의 피해자 전부 후두부가 함몰될 정도로 가격 당했고, 그 후에 목이 졸려 사망했습니다.

A: 후두부 가격은 제압하기 위한 행동이었을까요?

B: 그렇게 봤습니다. 또 하나 공통점이 세 명의 피해자들 전부 다 바닥을 향해 엎드린 상태였다는 점입니다.

A: 굳이 엎드린 상태로 둔 건 왜일까요?

B: 세 번째 사건을 제외하면 앞선 두 명의 피해자들은 이마에 심한 멍 자국이 있었어요. 부검의에 따르면 손으로 맞은 자국이 아니라 바닥이나 땅에 부딪쳐서 생겼다고 하더군요. 짐작컨대 저항하지 못하는 피해자의 머리를 잡아 반복적으로 바닥에 떨어뜨렸거나, 일부러 박게 했을 가능성이 있습니다.

A: 세 번째 피해자만 멍이 없었다고요?

B: 세 번째 피해자는 멍도 없었지만, 두 사건과 달리 땅에 묻혀 있었습니다. 깊지 않은 데다 이틀 내내 비가 와서 거의 드러나 있기는 했지만요.

A: 근데도 모두 동일범의 소행으로 보신 건가요?

B: 피해자들의 사인과 연령, 거주지, 사망한 시기가 합리적으로 추론했을 때 동일범이다, 생각됐어요. 그래서 세 번째 피해자만 조금 다른 양상을 보인 이유가 뭘까 고민했는데, 어쩌면 피해자가 범인과 아는 사이였을 수 있겠다 싶었죠.

A: 다른 두 피해자들과는 모르고요?

B: 예, 사실 세 명의 피해자 모두 사인과 연령, 거주지, 사망한 시기를 제외하면 서로 간에 전혀 접점이 없습니다. 놀라울 정도로 겹치지 않아요.

A: 그럼에도 유력한 용의자가 특정되었는데?

B: 당시에 세 번째 피해자의 마지막 행적이 확인됐어요. 피해자가 특별활동수업으로 듣던 수업이 있었는데, 그 강사를 만나러 간다고 한 게 마지막 모습이었죠.

A: 그 강사가 한태현인가요?

B: 맞습니다. 대부분의 살인사건은 돈과 치정으로 인해 벌어지는데, 이 사건의 경우 앞선 두 피해자에겐 돈과 치정으로 생길 문제가 없었어요.

A: 세 번째 피해자는 그런 문제가 있었나요?

B: 애들 사이에서 소문이 돌았다고 합니다. 강사와 학생이 부적절한 관계를 맺고 있다는.

A: 증거는 있었고요?

B: 아뇨, 어디까지나 소문이었습니다. 확인이 불가능했죠. 그래서 처음엔 중요 참고인으로 경찰조사를 받았어요.

A: 사건과 연관 지을 증거는 찾았나요?

B: 없었습니다. 세 번째 피해자의 마지막 행적이 용의자와 겹친다는 점, 둘 사이에 소문이 있었다는 점, 사건 당일 용의자의 알리바이를 확인해줄 증인이 아내뿐이었다는 점이 의심스러웠지만, 살인과 연관돼 있다는 증거는 찾을 수 없었습니다.

A: 용의자의 아내가 남편의 알리바이를 증언했나요?

B: 당일 날 용의자가 피해자를 만나러 가기로 돼 있었지만 중간에 돌아왔다고 했습니다. 아내가 아파서요.

속이 울렁거렸다. 글로 읽었을 뿐인데도 눈앞에 시체가 있는 것처럼 오싹했다.

A: 다른 연관점은요?

B: 피해자들과 용의자가 모두 지곡에 산다는 걸 제외하면 없습니다.

자료는 여기까지가 끝이었다.

한글 파일을 닫은 서린이 참고 있던 숨을 토했다.

둔기로 후두부를 내리쳐 저항할 수 없게 만들었다. 저항할 수 없는 여자들의 목을 조르고 차가운 바닥에 버렸다.

이 사건 속에 태현이 있다.

단 한 번도 생각해보지 않은 모습의 태현이 이 안에 있었다.

눈꺼풀이 추를 달아놓은 것처럼 아래로 내려왔다. 서린은 손으로 얼굴을 감쌌다. 모니터 빛이 손가락 사이로 스며들었다.

정호는 이걸 알고 있을까?

태현이, 자신의 형이 어떤 사건의 용의자로 몰려 있는지 알고 있는 걸까?

손바닥에 축축한 물기가 묻어났다. 손을 내릴 수 없었다.

22

칭찬에는 마약 같은 성분이 있다. 때문에 아이들을 칭찬으로 키워선 안 된다.

칭찬은 아이를 중독시키고 헤어 나오지 못하게 만들 것이다.

공책에 끄적거린 글이 마냥 헛소리는 아니었다.

윤성은 준성을 보며 자신의 가설이 정확하다고 자신했다.

아버지와 어머니의 기대를 한몸에 받고 자란 형이 이렇게 망가진 건 모두 아버지와 어머니 때문이었다.

나약하고 한심한 새끼.

준성은 이 한 마디로 정의될 인간이었지만, 부모는 그렇게 생각하지 않았다. 준성에게 찬란한 미래, 혹은 끝없는 성공이 펼쳐져 있을 거라고 여겼다. 그것이 오만이고 자만임을 그들은 전혀 알지 못했다.

소심함은 무한한 잠재력으로 치장되었고, 이기적인 태도는 감수성이 풍부하고 예술적 기질이 충만한 아이로 덧씌워졌다. 돈 몇 푼 쥐어주면 쏟아내는 선생들의 칭찬을 부모는 진심으로 받아들였다.

원흉은 거기에 있었다. 준성의 나약함을 감수성이라 포장하고, 한심함을 잠재력이라 평가한 선생에게 속은 부모는 준성을 빛이라 부르며 칭찬으로 키웠다. 오로지 칭찬. 준성의 세계에서 부모는 '칭찬'만 일삼는 멍청한 사람들이었다. 준성이 무슨 사고를 치건, 뒷수습을 하지 못하건 간에 부모는 준성을 칭찬했다.

준성이 쓸모없는 인간이란 사실을 부모가 인지한 건 꽤 오랜 시간이 지난 후였다.

그들은 분노했고 절망했다. 자신을 닮았다 자부하던 아이가 실은 나약하고 한심한 놈이란 사실이 그들을 몰아붙였다. 그들은 고민했고, 고민 끝에 하나의 방도를 마련했다.

윤성.

그들의 이상적인 삶을 이어갈 진정한 아이로, 윤성은 키워졌다.

윤성이 그들의 칭찬 속으로 들어갔을 무렵, 준성은 점점 더 쓸모없는 인간이 되어갔다.

기껏해야 15살의 나이였지만, 준성이 저지른 사고는 나이를 불문하고 사람들의 눈과 입을 모았다.

윤성은 준성을 좋아했었다. 어떤 보답도 바라지 않고 미소를 지어준 건 준성이 처음이었고, 무슨 말을 해도 윤성을 이해해준 것 역시 준성뿐이었다.

준성이 어떤 인간인지, 얼마나 한심하고 도태된 인간이지를 깨닫기 전까지는, 윤성에게 준성은 '좋은 형'이었다.

만약 준성이 부모에게 버림받지 않았더라면, 윤성은 준성을 계속 좋아했을 것이다. 나아가 존경하고 따랐을지도 몰랐다. 그러나 준성은 버림받았고 윤성은 선택됐다. 그 차이가 윤성의 삶을 바꿔버렸다.

지금의 윤성에게 준성은 기호식품 같은 존재였다. 가치는 없지만 필요한 존재. 준성은 딱 그만큼의 인간으로 윤성에게 선택됐다.

"약은 꾸준히 먹고 있죠?"

의사는 준성에게 물어야 할 질문을 윤성에게 했다.

간호사의 도움으로 손가락 끝 마디마다 밴드를 붙인 준성이 알아듣지 못할 말을 중얼거렸다.

"그럼요, 꾸준히 먹죠."

조현병. 준성이 병원에 입원하던 시기엔 조현병이란 이름보다 정신분열증이란 이름이 더 널리 쓰였다. 병의 시발점은 PCP라는 마약 때문이었지만 정도가 심해진 건, 강미라가 죽은 뒤였다.

"증세는 좀 어떤가요?"

"폭력성은 많이 줄었는데 자주 중얼거리더라고요."

윤성이 허공에 떠 있는 준성의 손을 잡아 내렸다.

"작게 중얼거려서 무슨 말인지는 모르겠는데 웃기도 하고, 울기도 하고. 화도 내고요."

"눈에 대한 공포도 여전하고요?"

윤성에게 잡힌 준성의 손에 힘이 들어갔다. 준성이 움직이지 못하도록 손에 힘을 주며 윤성이 그를 끌어당겼다.

"그건 좀 나아졌어요. 전보다 덜해요."

"수면은 충분히 취하나요?"

"네, 안 깨고 잘 자요."

윤성에게 잡히지 않은 준성의 손이 허공을 찔렀다.

의사와 윤성의 고개가 준성을 따라갔다.

허공을 향해 손가락질하던 준성이 거칠게 소리 질렀다.

"씨발! 씨발! 씨이발! 말 안 해도 안다니까. 너 아픈 거 누가 몰라? 그렇게 반복 안 해도 된다고. 흐느끼지 말고 아프단 소리 좀 하지 마! 대가리에 빵꾸 뚫린 거 알아. 그니까 입 좀 다물라고!"

준성은 윤성에게 잡힌 손을 빼내 얼굴을 긁기 시작했다.

밴드가 떨어지고 손톱 끝에 뭉쳐 있던 피가 손톱을 따라 얼굴에 자국을 남겼다.

"형!"

"기어 나와. 기어 나온단 말이야! 얼굴에서 미라 그 쌍년 목소리가 기어 나온다고."

"강준성 씨!"

"씨발년…… 입 좀 다물라 그래…… 입 좀, 입 좀!"

"강준성 씨, 이쪽 봐요, 이쪽 봐요!"

"개 같은 년이 죽었으면 다야…… 왜 괴롭혀, 왜, 왜!"

"정신 차려, 형."

윤성이 준성의 양손을 잡았다. 머리카락 사이로 준성의 눈이 빛을 냈다. 호출 버튼을 누른 의사가 간호사를 부르고 안경을 벗었다.

"꼭 집으로 가야겠어요?"

준성을 진정시킨 윤성이 어금니를 물었다.

"강준성 환자는 입원치료를 받는 게 나아요. 전보다 나아졌다고는 해도 이런 공격적인 행동이 완전히 사라진 게 아니기 때문에……."

"선생님."

윤성은 의사의 말을 자르고 준성을 일으켜 세웠다.

"약만 주세요. 형은 저랑 집으로 가는 게 행복할 거예요."

윤성이 눈을 크게 떴다.

마주보던 의사가 어쩔 수 없다는 듯 낮게 한숨을 쉬었다.

호출을 받고 들어온 간호사가 눈치껏 준성을 부축했다.

"아리피프라졸을 추가할게요."

조현병의 대표적인 치료약. 윤성은 알겠다는 의미로 가볍게 목례
했다.

"잠이 많아질 거고, 운동능력에 이상이 생길 수도 있어요. 혹시라
도 이상한 점이 보이면 바로 병원으로 와야 해요."

"네."

윤성은 준성이 있는 대기석으로 가 간호사가 건네주는 처방전을
받았다. 조심히 가라는 간호사에게 고맙단 인사를 남기고 준성과
함께 복도를 걸었다.

준성의 손에서 피비린내가 진동했다.

23

우린 거기를 대숲이라고 불렀거든.

진짜 대나무가 있던 건 아니었고, 그냥 큰 나무들이 많았어. 거기
서 자란 풀들도 명치까지는 왔고. 숨기도 좋고 나쁜 짓 하기에도 딱

좋았지. 허리만 굽히면 아무도 못 찾을 정도였으니까.

가을이었나? 하루는 대숲에서 친구랑 누워 있는데 무슨 소리가 들리는 거야.

대숲이 학교랑 가깝기는 해도 어른들이 가지 말라는 곳이어서 애들이 잘 안 온단 말이야. 근데 자꾸만 속닥거리는 소리가 들려.

이게 뭔 소린가 싶어서 친구를 봤는데, 친구도 소리를 들었는지 나를 보더라고. 그래서 내가 물었지.

야, 너 들었냐?

그랬더니 친구가 자기도 들었대.

무슨 소리인지는 몰라도 아무튼 사람 소리를. 설마 땡땡이 친 거 잡으러 온 선생인가 싶어서 튈 준비를 하는데, 소리가 또 들리는 거야.

숨죽이고 자세히 들었어. 그리고 친구한테 그랬어.

여자 소리 같지?

나는 분명 높고 얇은 여자 소리를 들었으니까.

그랬는데, 친구 놈 얼굴이 하얗게 변하더니 덜덜덜 떠는 거야. 난 영문도 모르고 왜? 물으니까 친구가 얼이 빠져선 대숲을 둘러보더니.

야, 태현아. 난 남자 소리를 들었다.

이상하잖아. 난 여자 소리를 들었다고 하고 친구는 남자 소리를 들었다고 하고. 혼자 속삭이는 소리를 들은 건 확실한데.

뭐야, 서린이 너 무서워? 아니긴 얼굴에 너무 무서워요, 이렇게 써 있는데. 얘기하지 말까? 들을 수 있겠어? 어차피 뒷내용도 없기는 한데…….

음, 끝은 허무해. 그러고 둘이 냅다 도망쳤어. 도망친 후에 다시는 대숲에 안 갔고.

근데 서린아.

내 손에 망치는 뭐야?

검은색 머그컵이 요란한 소리를 내며 깨졌다.

불길한 꿈을 꿔서일까?

발가락이 화끈거렸다. 허리를 일으키자 모니터는 이미 꺼져 있었다. 좀만 쉬자고 했던 게 벌써 20분이 지났다.

책상 아래로 고개를 내리니 머그컵이 사방으로 부서져 있었다.

조각에 베인 건지 발등에 붉은 실선이 보였다. 상처에서 퐁퐁 피가 났다. 손을 내려 발등을 만지자 따끔거리는 통증이 느껴졌다. 의자에서 일어난 서린이 머그컵 잔해를 치우고 휴지로 피를 닦았다.

대숲.

대숲에 대한 이야기는 연애 시절 태현이 들려준 괴담이었다. 말주변 없는 태현이 신나 하며 말해준 몇 안 되는 이야기이기도 했다.

그동안 한 번도 생각난 적 없었는데.

꿈속에서 망치를 들고 묻던 태현이 떠올라 목덜미가 스산했다.

'내 손에 망치는 뭐야?'

마지막 질문이 지워지지 않는 찝찝함을 남겼다.

망치. 하필이면 망치였다.

마우스를 움직이자 모니터가 켜졌다. 김작가가 보내준 파일과 함께 있던 영상이었다.

방송용으로 찍은 게 아닌지 조잡하기는 했지만 '지곡동살인사건'에 대해 알 수 있는 충분한 정보가 들어 있었다.

커서를 움직인 서린이 마지막으로 보던 지점을 찾아 영상을 돌렸다.

두개골 모형을 든 법의학자는 피해자들의 후두부를 가격한 둔기가 망치와 비슷하다고 설명했다.

"두개골이 이 정도로 함몰되려면 엄청난 힘이 필요하죠."

법의학자의 말에 끼어 들어온 건, 망치를 쥔 태현의 모습이었다.

영상 속 두개골 모형을 보던 서린이 눈을 질끈 감았다.

바람을 가르는 소리.

둔탁한 마찰음.

높고 긴 비명소리 같은 게 이명처럼 이어졌다.

"첫 번째 피해자의 몸에는 제압한 흔적이 거의 없어요. 무슨 말이냐면 둔기로 내려쳤을 때 이미 피해자가 항거불능 상태였을 거란 말입니다. 처음 공격이 피해자에겐 치명상이었습니다. 굳이 목을 조르지 않아도 피해자는 죽었을 거예요. 근데도 범인은 피해자의 목을 졸랐단 거죠."

머리 속으로 쓰러진 여자의 목을 조르는 태현이 그려졌다.

살려 달라 말하는 여자의 손이 나풀거리며 바닥으로 떨어진다.

그런 여자를 보며 태현이 웃는다.

"두 번째 피해자는 방어흔도 많았고 그만큼의 폭력도 많았을 걸로 생각됩니다. 아마 둔기로 내려친 후에도 격렬하게 반항했을 거예요."

운동장 한가운데.

보란 듯 전시해놓은 피해자의 몸이 두 팔을 위로 뻗은 채 엎드려 있다.

"반면 세 번째 피해자는 둔기로 인한 열상 정도가 심하지 않습니다. 가격할 때 힘이 그리 세지 않았다는 거죠. 대신 목에 남은 멍 자국이 다른 피해자들에 비해 심합니다."

서린은 더 듣지 못하고 영상을 껐다.

보는 것과 듣는 것에는 차이가 있었다. 보는 것보다 듣는 것이, 보다 구체적인 상상을 만들어냈다.

팔꿈치를 책상에 올린 서린이 무겁게 흔들거리는 머리를 지탱했다. 남은 영상을 볼 엄두가 나지 않았다.

한피디는 '억울함을 풀 수 있게' 해준다고 했지만, 영상을 보는 사람들은 태현이 범인이라고 추측할 게 선명했다.

영상은 끈질기게 태현의 그림자를 담았다. 누가 봐도 가장 의심스러운 사람은 태현이었다.

'내 손에 망치는 뭐야?'

꿈속 태현의 질문이 또렷하게 박혔다.

그러게. 당신 손에 그 망치는 뭐야.

당신은 왜 그걸 든 거야.

왜 그걸 들고 나타난 거야······.

모니터를 아예 꺼버린 서린이 의자에 기댔다.

눈을 감으면 태현의 망치가 나타났고, 눈을 뜨면 바람소리가 폭죽처럼 터져 나왔다.

눈을 감을 수도, 뜰 수도 없었다. 어느 것이든 혼란이 피어났다.

어디서부터 잘못된 걸까?

무엇이 잘못된 거지?

"서린아, 자?"

문을 두드리는 소리가 상념을 지웠다. 서린이 모니터를 끄고 대답하자 문이 열렸다.

"안 자고 뭐해?"

"좀 볼 게 있어서."

책상으로 다가온 정호가 인상을 찌푸렸다.

"깨진 거야?"

"아, 이거…… 응, 졸다가 그랬어."

부서진 머그컵이 스탠드 불빛을 받아 반짝였다. 서린은 휴지를 뽑아 머그컵 위로 덮었다. 날카로운 조각이 거슬렸다.

"네가 부탁한 거 말이야."

정호가 비밀을 말하는 것처럼 조용히 입을 열었다.

"형 친구들 연락처."

정호의 입술이 우물쭈물했다.

"만나겠단 사람이 있기는 한데, 꼭 만나야겠어?"

불편한 기색이 역력했다. 당황한 건 정호가 아닌 서린이었다.

꼭 만나야 하냐고? 헛웃음이 깊숙한 곳에서 올라왔다.

사건을 아는 모든 사람들이 태현을 의심하고 있었다. 인터넷을 조금만 검색해도 알 수 있는 사실이었다. 병원을 찾아왔던 경찰의 태도가 차라리 더 예의 있었다는 걸, 서린은 사건과 관련된 수백 개의 글을 읽고 알았다.

"정호야, 난 확신이 필요해. 태현 씨가 한 짓이 아니라고 아무리 생각해도 불쑥 의심이 들고 무서워져. 혹시, 혹시 진짜 그런 게 아닐까 하고."

"형이 한 게 아니라니까."

"그래! 나도 그래야 한다고 생각은 해. 근데 자꾸……. 난 그냥 궁금한 거야. 내가 아는 태현 씨랑 다른 사람들이 아는 태현 씨가 얼마나 다른지. 내가 몰랐던 모습이 있는 건지 아닌지."

태현이 한 짓이 아니라고 믿으며 마냥 기다릴 수는 없는 노릇이었다. 기다릴수록 의심의 싹이 자랐다. 더구나 정호의 소극적인 행동이 의심을 더욱 부추겼다.

'저는 이서린 씨가 목격자일 거라고 생각합니다.'

형사의 말에, 왜 아니라고 대답하지 않았을까?

불현듯 그런 생각이 서린을 흔들었다.

병원에서 나눈 대화는 가족이자 아내인 서린으로서 화낼 수 있는 일이었지만, 그녀는 그렇게 하지 않았다.

'이서린 씨는 알고 있지만 기억나지 않는 상태일 거라는 게 제 추측입니다.'

형사는 확신하고 있었다. 그가 가진 자신감이 서린에게도 필요했다.

"태현 씨에 대한 확신이 필요해. 너나 내가 아니라, 다른 사람으로부터의 확신."

정호의 목울대가 움직였다.

"꼭 그래야 해? 우리는 알잖아. 형이 그런 사람이 아닌 거."

"우리만 알잖아. 사람들은 아무도 모르고. 너나 내가 사라지면, 그땐 아무도 모르게 될 거야. 그러니까 나한텐 확신이 필요해."

내가 목격자가 아니라는 확신.

태현이 살인자가 아니라는 확신.

모든 게 오해였고, 우리는 피해자였다는 확신이.

"……여기."

정호가 손바닥 크기의 종이를 건넸다. 건네받은 서린이 정호를

120

불렀다.

"정호야, 고마워."

복잡한 표정의 정호가 등을 돌려 방을 나갔다. 발등의 통증이 잦아들고 있었다.

24

주말이었지만 호텔 커피숍엔 사람이 많지 않았다.

창가 자리로 안내받은 서린은 커피를 주문하고 종이를 확인했다.

정호에게 받은 종이엔 '이재민'이란 사람의 연락처가 적혀 있었다.

서린은 종이에 적힌 이름을 반복해서 중얼거렸다. 기억이 날 듯 말 듯한 이름이었다.

"서린 씨?"

서린 앞으로 다가온 재민이 그녀의 이름을 불렀다.

아, 재민을 본 서린이 짧게 소리 냈다. 결혼식에서 본 얼굴이었다. 그때보다 살이 찌기는 했지만 두툼한 입술과 테 없는 안경이 재민을 기억하게 했다.

"이재민 씨, 맞으시죠?"

"오랜만이네요. 결혼식 이후로 처음 뵙는 것 같아요."

자리에 앉은 재민이 넥타이를 느슨하게 풀었다. 서린은 그의 연락처가 담긴 종이를 테이블 아래로 내렸다.

"정호한테 연락받고 놀랐어요. 서린 씨가 절 보고 싶어 하신다기에."

"갑자기 연락했죠, 제가."

"반가우니 된 거죠, 뭐."

종업원이 서린의 앞으로 커피를 내려놓았다. 그에게 차가운 물을 부탁한 재민이 넉살좋게 말문을 열었다.

"편히 물어보세요. 제가 아는 건 얼마든지 답변해드릴 테니까."

안경알이 반짝였다. 서린의 손가락이 잔 손잡이를 쓸어내렸다.

"태현 씨가 입원한 건 아시죠?"

"영국에서 들었습니다. 아직 반응 없죠?"

서린은 대답대신 고개를 끄덕였다. 재민의 눈가에 동정심이 아른거렸다.

"걱정 마세요. 건강한 놈이니까 금방 일어날 거예요."

다가온 종업원이 재민에게 잔을 건넸다.

뒤돌아가는 그를 바라보다 서린이 준비한 질문을 던졌다.

"태현 씨가 안 좋은…… 사건에 휘말린 거 아시나요?"

"예, 대충은 들었습니다."

"저는 태현 씨가 그런 사람이 아니라고 생각해요. 오해가 있던 거라고, 그렇게 생각하거든요."

콧등으로 흘러내린 안경을 위로 밀어올린 재민이 서린의 말을 기다렸다.

"재민 씨는 아시죠? 태현 씨는 그런 사람이 아닌 거."

"그럼요, 알죠. 태현이가 좋은 놈인 거."

준비해온 답변을 읊는 것처럼 빠르고 간결한 대답이었다.

서린의 입술이 비죽 위로 올라갔다.

서린의 기억 속 재민은 지금처럼 친절한 사람이 아니었다. 결혼식에 초대돼 오긴 했지만 태현을 축하하지도, 서린에게 다정한 말을 건네지도 않았다.

대체 왜 결혼식에 왔는지 궁금할 정도였다. 재민이 서린의 기억 속에 박혀 있던 이유는 그런 불손함 때문이었다.

결혼식이 끝난 이후 서린은 재민에 대해 물었고, 태현은 말을 아끼며 그를 변호했다.

"사고 전에 태현 씨랑 연락한 적 있나요?"

"연락이요? 글쎄요…… 두어 번 통화한 것 같기는 한데, 시간이 좀 지났잖아요."

거짓말.

서린은 재민의 거짓말을 단번에 알 수 있었다. 결혼식에 초대된 태현의 친구들은 모두 대학 동기들이었다.

그마저도 태현이 게시해둔 블로그 글을 통해 온 것이었고, 그들은 태현에게 섭섭하단 소리를 하며 아쉬운 기색을 비쳤다.

'왜 연락처를 안 알려주는 거야? 우리가 잡아먹기라도 하냐?'

결혼식이 마무리될 무렵 태현의 동기들이 물었던 질문을 서린은 기억하고 있었다.

태현의 연락처에 저장된 번호는 거래처거나 공예소와 관련된 번호들이었고, 그걸 빼면 서린과 정호뿐이었다.

그런 태현이 재민에게 연락처를 알려줬다고?

정호가 왜 재민을 부른 건지는 몰라도, 서린에게 도움을 주려고 부른 게 아니란 건 확신할 수 있었다.

헛웃음을 토한 서린이 의자에 등을 기댔다.

"통화 내용이 뭐였는지 기억 안 나겠네요?"

"그렇죠. 딱히 중요한 건 아니었던 것도 같고."

"태현 씨랑 아는 다른 분들 연락처를 알 수 있을까요?"

"네?"

당황했는지 재민의 억양이 높아졌다.

"재민 씨 말고 다른 분들이요."

"아, 그건…….."

"정호가 부탁했나요?"

입을 다문 얼굴이 결혼식에 왔던 얼굴과 비슷했다. 짜증이 가득 묻어 있었다.

"저한테 좋은 말만 해주라던가요?"

서린의 질문에 재민이 거만하게 다리를 꼬았다.

"죽은 사람 소원도 들어준다는데, 이 정도 부탁 못 들어줄 것도 없으니까요."

"정호가 뭐라고 부탁했나요?"

"이서린 씨가 지금 생각하는 거 딱 그렇게요."

"태현 씨에 대해 좋은 말만 해줘라?"

"비슷한 거죠. 왜 나한테 부탁한 건지는 몰라도."

재민이 물을 벌컥 들이켰다.

"태현 씨를 좋아하지 않는 거죠?"

"그걸 말이라고 합니까?"

소리 나게 컵을 내려놓은 재민이 티슈로 입을 닦았다.

"이유도 없이 사람 쳐놓고는 미안하단 말로 무마하고 뻔뻔하게 친구 행세나 하는 놈을, 내가 왜 좋아합니까?"

"때렸다고요?"

"내가 결혼식에 간 건 동기들 성화 때문이었고, 오늘 여기에 나온 건…….."

말을 멈춘 재민이 뚫어지게 서린을 보았다.

"지나간 일 말해봐야 입만 아프지. 어쨌든 난 내가 할 만큼 했습니다."

서린이 자리에서 일어서려는 재민을 잡았다.

붙들린 재민이 삐딱하게 서서 서린을 마주했다.

"태현 씨가 그쪽을 때렸다고요?"

"하, 참. 왜요, 내가 거짓말이라도 하는 걸로 보여요?"

"믿기 힘든 건 사실이니까요."

"이봐요, 이서린 씨. 때린 놈은 기억 못 해도 맞은 놈은 기억하는 겁니다. 내가 맞았다는 걸."

"이상하잖아요. 정호가 왜 하필 그쪽한테 부탁했는지."

"다른 애들은 다 거절했나 보죠. 이서린 씨 만나기를."

재민이 의자에 앉아 물을 마셨다.

서 있던 서린이 조심스럽게 재민을 따라 앉았다.

"들어보니까 정호가 여기저기 전화 돌린 것 같던데. 오죽 부탁할 데가 없었으면 나한테까지 했겠어요."

"태현 씨 친구들이 저랑 이야기하기를 꺼려했다는 건가요?"

"대화 상대를 꺼려한 게 아니라 대화 주제를 꺼려했겠죠."

목을 좌우로 꺾은 재민이 넥타이를 풀었다.

"살인범에 대해 얘기하고 싶겠습니까?"

살인범.

재민이 아무렇지 않게 꺼내놓은 단어가 서린의 가슴을 조였다.

가느다랗게 뚫려 있던 숨구멍이 막힌 것처럼 머리가 아득해졌다.

"나야 안 좋은 기억도 있고, 하도 멀리해서 듣고도 크게 충격 받지는 않았는데, 다른 애들은 충격이 컸을 겁니다. '그런 애가 아닌데' 말하다가도 의심은 들었겠죠. 의심이란 게 액셀러레이터 같아서 일단 밟으면 어디 박기 전까지는 멈출 수가 없으니까."

의심을 멈출 수 없단 건 누구보다 서린이 잘 알고 있었다. 서린의 손이 하얗게 변할 정도로 주먹을 쥐었다.

"안타깝다고 생각은 합니다. 그래도 나한테 한태현은 여전히 그런 놈이에요."

재민은 안경을 벗고 콧잔등을 문질렀다. 안경 자국이 코에 남아 있었다.

"먼저 일어날게요."

서린의 다리가 후들거렸다. 몸이 앞으로 가는지 옆으로 기우는지 인식할 수 없을 만큼 혼란스러웠다.

"고등학교 친구를 알아요."

재민이 이름과 번호가 적힌 티슈를 서린의 손에 쥐어주었다.

"나보단 이쪽이 더 할 말 많을 겁니다."

25

투명한 유리컵 안에 담긴 물이 흔들렸다.

컵을 기울인 준성이 손가락에 흐르는 피를 물속으로 떨어뜨렸다.

둥글게 떨어진 핏방울이 넓게 퍼져나갔다.

황홀한 표정으로 컵 안을 들여다보던 준성의 입술이 씰룩였다.

붉은색 물고기 같았다.

물에 섞여 희미해지는 피가 열대어의 꼬리처럼 부드럽게 사라졌다.

준성은 다시 손가락을 입에 넣고 힘을 줘 씹었다.

투둑.

살이 찢기는 기분 나쁜 소리가 들리고 맺힌 피가 손가락을 따라 흘렀다. 컵 안에 손을 넣은 준성이 히죽였다.

물고기 같네, 물고기.

원을 그리는 손가락을 따라 컵 안의 물이 점점 더 짙은 붉은색으로 변했다. 준성의 눈이 몽롱하게 젖어갔다.

"형."

방으로 들어온 윤성이 준성의 무릎 위에 고등학교 졸업앨범을 펼쳐놓았다.

"형 친구한테 연락 왔는데, 박준서라고 알아?"

준성은 입을 벌리고 더 빠른 속도로 원을 그렸다. 찰랑이던 물이 컵 바깥으로 튀어 윤성의 손등에 묻었다.

"한태현은?"

준성의 손이 우뚝 멈췄다.

물은 여전히 한 방향으로 돌았지만, 준성의 손은 미동 없이 제자리를 지켰다.

"한태현은 알잖아. 형 친구니까."

"……아니야."

"뭐라고? 안 들려."

윤성이 준성의 입에 귀를 갖다 댔다. 준성의 입술이 덜덜 떨렸다.

"아니야, 그런 거 아니야."

"뭐가 아닌데?"

윤성의 한쪽 입꼬리가 올라갔다.

"형 친구잖아. 매일 같이 다녔으면서."

바람이 부는 스산한 소리가 어디선가 날아왔다. 준성이 팔을 들어 머리를 감쌌다.

"형, 봐봐. 여기 있잖아."

바닥에 졸업앨범을 펼친 윤성이 앳된 얼굴의 소년을 가리켰다.

"한태현. 형 친구."

"아니라니까!"

벌떡 일어선 준성이 어깨를 떨며 숨을 내쉬었다.

가파르게 오르내리는 가슴이 준성이 얼마나 불안해하고 있는지를 여실히 보여주었다.

킥킥.

준성과는 다른 의미로 어깨를 떤 윤성이 폭죽 터지는 소리를 내며 파안대소했다. 눈가에 눈물이 맺힐 만큼 즐겁고 웃긴 일이었다.

형이 한태현을 잊으면 안 되지. 아니, 잊으려고 하면 안 되지.

윤성은 입가에 머문 말을 씹어 삼켰다. 아직은 때가 아니었다. 준성의 쓸모는 좀 더 두고 볼 일이었다.

"형, 내 부탁 좀 들어주라."

유리컵에 든 물이 회전을 멈췄다. 피가 희석되어 물은 아까보다 연해져 있었다.

주머니에서 약봉지를 꺼낸 윤성이 피가 섞인 물에 약을 넣었다.

동그란 알약이 천천히 가라앉았다.

"마셔. 약 먹어야지."

윤성이 준성의 입에 컵을 쑤셔 넣었다.

준성은 컥컥거리며 약을 삼켰다. 입에서 채 마시지 못한 물이 뿜어졌다.

"내가 시키는 대로만 해. 더도 말고 덜도 말고. 딱 내가 시키는 만큼만."

옷에 묻은 물기를 손으로 닦고 나서 윤성이 준성의 앞머리를 옆으로 넘겼다.

준성의 눈이 찬찬히 빛을 잃었다.

26

박준서.

재민이 적어준 번호로 연락했을 때 전화를 받은 건 중성적인 목소리의 남자였다.

서린은 어떻게 말을 꺼내야 할지 몰라 망설이다 한참만에야 입을 열었다.

"한태현 씨 때문에 연락드렸는데요."

"누구요?"

준서의 말끝이 사나웠다. 침착하게 숨을 고른 서린이 태현의 이름을 말했다.

"무슨 일이신데요."

"직접 뵙고 얘기를 드렸으면 하는데."

"무슨 일인지 알아야 만나든 말든 하죠."

"전 이서린이라고 합니다. 한태현 씨 아내고요."

준서 쪽이 잠잠했다. 황당하거나 의문이 들거나. 둘 중 하나일 터였다.

"전 지금 태현 씨에 대해 알아보고 있어요."

준서가 듣기에는 우습게 들릴 말이었다. 자신을 아내라 칭한 여자가 남편에 대해 알아보고 있다니.

별다른 설명을 붙이지 않은 건 그게 서린이 말할 수 있는 전부였기 때문이었다.

서린이 들은 건 김작가가 보내준 자료 속 태현의 그림자였다. 재민은 태현이 용의자란 사실에 그리 놀라지 않았다고 했다. 전부터 태현에게서 그런 어둠을 봤다는 게 재민이 말해준 이유였다.

"이 번호는 누가 알려줬습니까?"

"이재민 씨가 알려줬어요."

"재민이가요?"

수화기 너머에서 준서의 중얼거림이 들렸다. 서린에게 연락처를 알려준 재민을 욕하는 것 같았다.

"이유는 몰라도 전 도움이 안 될 겁니다."

"저기요."

"한태현이랑은 고등학교 졸업 후에 한 번도 본 적 없어요. 제가 뭘 알고 말할 수 있겠습니까?"

"이재민 씨가 그러던데요, 박준서 씨가 할 말은 더 많을 거라고."

"헛소리예요. 난 할 말 없습니다."

"잠시만, 박준서 씨!"

"난 더 이상 한태현하고 연관되기 싫습니다. 당하는 것도 한두 번이지."

"당하다뇨?"

"사실적시도 명예훼손이라는데 내가 뭘 말합니까? 난 그 자식에 대해서 좋은 말 할 게 없어요."

"명예훼손…… 무슨 말을 하시는 건지 이해가 안 되는데요."

"이서린 씨, 그때 나한테 그랬죠. 앞으로 한태현에 대해서 함부로 말하고 다니지 말라고."

처음 듣는 이야기였다.

"나한테 메일 보낸 거 그쪽인 거 압니다."

준서가 내비치는 적대감을 이해할 수 없었다. 눈을 굴리던 서린이 준서에게 물었다.

"제가 언제 메일을 보냈었죠?"

"허, 그걸 왜 나한테 묻습니까?"

비아냥거리는 말투에도 서린은 평정심을 유지했다.

"헷갈려서요. 내가 맞는 사람한테 전화를 한 건가 싶어서."

"2년 전에 보냈잖아요. 내가 댓글 단 거 보고."

2년 전이라면 추락사고가 난 즈음이다. 태현에 대해 함부로 말하지 말라고 했다는 건, 태현에 대해 안 좋은 말을 들어서였겠지.

얼마나 안 좋은 말을 들었기에 참을 수 없을 정도로 화가 났던 거지? 얼마나 화가 났기에 메일로 그런 협박을 했던 걸까.

꼬리에 꼬리를 문 질문이 입가에 아른거렸다.

"전화 끊습니다. 앞으로 전화하지 마세요."

"박준서 씨!"

전화가 끊어졌다. 다시 걸어봤지만 전원이 꺼져 있다는 안내음성이 나올 뿐이었다.

'대화 상대를 꺼려한 게 아니라 대화 주제를 꺼려했겠죠.'

준서의 반응을 경험하고 나니 재민의 말이 이해가 됐다. 태현의 이름만 말했음에도 준서는 할 말이 없다며 신경질적인 반응을 보였다.

댓글.

준서가 말한 댓글은 뭐였을까?

서린이 생각할 수 있는 건 태현이 운영하던 홈페이지와 개인 블로그였다.

준서가 어떤 댓글을 적었는지는 몰라도 서린이 댓글을 보고 화를 냈다면, 그건 홈페이지나 블로그 중 하나였다.

서린은 검색창을 열고 더듬더듬 주소를 완성했다.

Han's 나무공방

다행히 블로그가 살아있었다.

대충 둘러보니 선정적인 광고 댓글 몇 개가 일주일 전 날짜로 남겨져 있었고, 개인적인 내용의 댓글은 없는 것 같았다.

2년 전이라면 2017년.

그즈음에 작성된 게시글 수는 20개였다. 글에 달린 대부분의 댓글은 '잘 보았다'나 '제 블로그에도 놀러오세요' 같은 류의 내용이었다.

"삭제된 댓글……."

서린의 눈에 들어온 건 2017년 6월 3일에 작성된 게시글이었다.

원목식탁을 만드는 과정이 담긴 글 밑에 삭제되었다는 문구의 댓글이 있었다.

삭제된 댓글에 달린 대댓글 세 개 역시 삭제돼 있었고, 그 외에 다른 댓글은 남아 있지 않았다.

원목식탁이 만들어지는 과정에 무슨 댓글을 달았던 걸까?

이리저리 검색하고 찾아봐도 삭제된 댓글을 복구하기는 어려워 보였다.

고민하던 서린이 검색 페이지로 돌아가 태현의 이름을 검색했다.

뉴스와 블로그, 이미지 등 나오는 모든 걸 꼼꼼히 살폈지만 태현에 대한 새로운 정보는 없었다.

서린은 관자놀이를 누르며 카페 바깥을 향해 눈을 돌렸다. 여러 정보가 한 번에 쏟아진 탓에 머리가 아팠고, 공복이라 속이 울렁였다.

주문한 커피를 마실까도 싶었지만 이미 식어버린 커피 향이 그다지 끌리지 않았다.

정호에게 물어볼까?

선택할 수 있는 가장 간단한 방법이었지만, 재민과의 만남을 생각해보면 신뢰할 수 없는 답안이었다. 정호는 서린의 부탁을 들어주기만 할 뿐, 서린을 도우려 하지는 않았다. 방어적인 태도로 서린을 사건에서 떼어내려 하는 것만 봐도 그랬다. 정호의 행동이 이해되지 않는 건 아니지만 서린에게는 한시가 급한 일이었다.

키패드 위를 배회하던 손가락이 머뭇거리다 '지곡동살인사건'을 완성했다.

'한태현'을 검색했을 때와 다르게 수많은 키워드가 걸려 나왔다.

지곡동에서 발견된 시체⋯⋯ 연쇄살인사건의 흔적?

'지곡동 연쇄살인사건' 보도에 경찰 반박

경찰청 프로파일러 "지곡동 사건, 연쇄살인사건으로 단정 짓기 어려워"

지곡동 연쇄살인사건의 유력한 용의자 증거불충분으로 풀려나……

기사들이 담고 있는 건 김작가가 보내준 자료와 유사했다.

내용의 주요 초점은 용의자가 진범이냐 아니냐가 아닌 연쇄사건이냐 아니냐로 맞춰져 있었고, 용의자가 풀려났던 기사만이 유일하게 '사건의 진범을 확정할 수 없다'는 경찰의 말을 인용했다.

불쾌함이나 분노보단 착잡한 마음이 컸다. 그들에게 사건의 범인은 이미 태현이 확실했다.

억울한 일이 있으면 도와주겠다고?

한피디가 외친 말이 생각나 입이 썼다.

도와주겠다던 말 속에는 어떻게든 태현에 대한 단서를 잡겠단 의지가 숨어 있었다. 그때야 몰랐던 일이지만, 지금은 달랐다. 돕는 척했어도 어디까지나 타인인 사람들이다. 태현의 누명보다는 태현의 그림자에 더 흥미를 보일 사람들이었다.

지이잉.

손에 든 핸드폰이 길게 진동했다.

액정에 뜬 건 김작가의 번호였다. 망설이던 서린이 통화버튼을 눌렀다. 서린을 부르는 김작가의 목소리가 격앙돼 있었다.

"네?"

"어제 지곡천에서 시체가 발견됐어요. 살해 방법이 세 명의 피해자들하고 같아요!"

김작가의 말이 정신없이 쏟아졌다.

세 번째 피해자가 발견된 장소와 멀지 않은 곳. 벌써 3년이 지났지만 흉흉한 소문이 나도는 곳에서 또 한 명의 피해자가 발생했다는 게 주된 내용이었다.

"물 더 드릴까요?"

다가온 종업원이 잔에 물을 채웠다.

가볍에 고개를 끄덕인 서린이 멀어지는 그를 보며 김작가의 말에 집중했다.

"아직 경찰 쪽 입장은 없지만, 어쨌든 재수사가 진행될 거예요. 우리가 제공한 증거물에 대해서도 다시 알아보겠다고 했거든요."

맥박이 정신 차리라는 것처럼 강하게 뛰었다. 서린은 망설이다 조심스럽게 물었다.

"그럼 이 사건의 범인이 진범일 수도 있겠네요?"

잠시 김작가 쪽에서 말이 없었다. 대답을 기다리는 시간이 억겁처럼 지났다.

"……속단할 수는 없지만, 네, 가능성은 있어요."

김작가의 뒤로 시끄러운 소음이 이어졌다. 서린은 전화기를 귀에 대고 숨을 뱉었다. 손끝이 잘게 떨렸다.

2부

1

아버지는 취미로 사냥을 즐겼다.

조부모님 명의로 되어 있는 산에서 주로 새를 잡았고, 가끔씩은 가게에서 사온 토끼를 풀어 토끼몰이를 즐기기도 했다.

철창에 갇힌 토끼들은 제 운명도 모르고 가만히 서서 귀를 쫑긋댔다.

손가락을 넣어 장난이라도 치면 토끼들은 엄지 손톱만 한 이빨을 드러내고 코를 씰룩였다. 윤성은 토끼의 이마를 문지르며 검은 케이스에 담긴 총을 흘긋댔다.

퇴근 후, 수건으로 엽총을 닦는 아버지를 볼 때면 총을 피해 달아나는 토끼들이 떠올랐다. 장식장 안에서 반짝이던 엽총은 아버지의 손에서 흉포한 맹수로 돌변했다. 아무리 깡충거리고 뛴들 토끼는 제물이었고 사냥감이었다.

어머니는 나날이 늘어가는 토끼 박제를 보며 인상을 찌푸렸지만,

아버지의 취미에 딴죽을 걸지는 않았다. 아버지는 자주 사냥을 나섰고 때때로 윤성도 함께였다.

서재 벽면에는 아버지가 박제시킨 토끼 머리통이 가득했다. 사이사이 새나 여우도 있었지만 주된 박제품은 동그란 토끼 머리였다. 토끼들의 눈은 생의 온기가 꺼졌음에도 늘 반질거렸다. 윤성은 종종 서재로 들어가 토끼들의 눈을 들여다봤다.

"토끼는 잘 울지 않는 동물이야. 고통이 느껴지고 죽음이 가까워서야 마지막 발악을 하지. 알겠니? 약하고 하찮은 짐승은 이렇게 죽는 거다. 이게 삶이야."

약하고 하찮은 짐승.

아버지의 말대로라면 벽면에 걸린 박제품들은 모두 약하고 하찮은 짐승이었다.

윤성은 박제품에 코를 대고 냄새를 맡으며 그 눈에 비친 자신을 봤다. 엊그제 초등학교에 입학한 아이치고는 작고 둥근 얼굴이 토끼를 연상시켰다.

깡충깡충.

내리막길을 달리면 아버지가 총을 쏠까?

형에게 '쓸모없는 자식', '하찮은 새끼'란 욕을 내뱉으며 손을 올리던 아버지라면 형을 토끼처럼 죽여버릴지도 모른다.

윤성은 토끼처럼 도망 다닐 형을 상상해본다. 철창이 열리고 아버지가 하늘을 향해 총을 쏘면 형은 겁먹은 토끼처럼 아래를 향해 달아날 것이다.

어쩌면 연약하고 우울한 얼굴로 살려달라고 빌 수도 있다. 어머니의 말을 따라하자면, 형은 비는 것밖엔 못하는 머저리니까.

뱃속을 돌아다니던 비웃음이 슬쩍 입술을 비집고 나왔다.

윤성은 두 손으로 입을 막고 킥킥 웃었다.

아버지의 총을 맞고 쓰러지는 형의 모습이 머릿속에서 재생되었다. 형은 어떻게 울까? 토끼처럼 울까? 마지막 발악을 하면서? 킥킥거리던 웃음이 우하하, 하는 웃음으로 변했다.

작년까지만 해도 윤성의 상상 속에서 총에 맞는 건 언제나 자신이었다. 부모에게 선택받지 못한 존재란 토끼와 다름없었고, 윤성은 토끼의 죽음을 잘 알고 있었다.

탕!

끼에에에엑!

총알이 토끼의 몸통에 박히면 토끼는 있는 힘을 다해 운다. 귀를 막아도 들리는 울음소리가 어찌나 처절한지 사람이 죽는 소리처럼 들릴 때도 있었다.

"이런 것도 못하면 죽어야지. 인간으로서의 가치가 없잖아."

박제를 위해 배를 가르는 아버지의 손은 거침없이 토끼의 내장을 빼냈다. 윤성은 헛구역질을 참으며 토끼가 해체되고 다시 조립되는 과정을 지켜봤다.

'죽어야지.'

'가치가 없잖아.'

아버지의 말이 눈가를 두드렸다. 손등을 꼬집어가며 참아낸 건 인내심이 아니라 공포 때문이었다.

공포.

살기 위한 공포는 묵직하게 윤성의 유년을 내리눌렀다.

일정 점수나 부모의 기준을 달성하지 못하면 뺨을 맞고 욕조에 들어갔다. 판결은 부모의 몫이었고, 집행자는 형인 준성이었다.

형은 부모의 명령에 따라 윤성을 학대했다.

평소엔 윤성을 예뻐했음에도 부모의 명령이 있는 날이면 처음 본 사람처럼 윤성에게 폭력을 가했다. 8살 나이차가 가져오는 폭력이란 어마어마한 것이어서, 윤성은 몸의 장기가 터지는 감각을 느끼며 '다음엔 잘하겠다'고 다짐했다.

부모는 '뺨을 내리쳐라', '배를 걷어차라' 명령하면서도 결코 직접 나서지는 않았다. '형제간의 체벌'이 '부모의 체벌'보다 더 효과적이란 고상한 이유 때문이었다.

"아파, 아파. 형."

"입 다물어. 얼굴도 씻어야지."

얼굴이 욕조 밑으로 처박힐 땐 죽을지도 모른단 초조함이 엄습했다. 15살 아이가 7살 아이에게 알려준 공포였다.

상황이 바뀐 건 1년이 지나 윤성이 초등학교에 입학할 무렵의 일.

그즈음 준성은 성적은 물론이고 부모의 기준까지도 저버린 아들이 되었다.

미국 어학연수 중 접한 약물오용이 원인이었다. 한국에 돌아와서도 문제는 이어졌고, 부모는 윤성에게로 눈을 돌렸다. 태어나 처음 맛본 안락함은 윤성의 사고를 마비시키고 부모의 욕망을 각인시켰다.

가치 있는 인간에 대한 존중

그렇지 않은 인간에 대한 경멸

두 가지 문장이 세포 하나하나에 새겨졌다.

윤성은 화장실 밖에 서서 아버지에게 맞는 형을 바라봤다.

살갗이 마찰되는 소리가 뒷목을 오싹하게 만들었다. 형의 얼굴이 아버지의 손을 따라 이리저리 돌아갔다.

"윤성아."

아버지의 부름에 윤성이 재빨리 수건을 아버지에게 건넸다.

손을 닦은 아버지가 화장실을 나와 1층으로 내려갔다.

윤성은 입술이 터지고 코피가 난 형을 보며 욕조 수도꼭지를 돌렸다. 샤워기에서 떨어진 물이 피를 닦아냈다.

"아파."

준성이 쏟아지는 물을 피해 등을 돌렸다.

윤성은 직접 샤워기를 들었다. 뜨거운 물이 준성의 몸으로 뿌려졌다. 물소리가 형의 흐느낌을 지웠다.

얼굴도 씻어야지.

윤성은 언젠가 형이 했던 말을 따라하며 샤워기를 높이 쳐들었다. 뜨거운 물이 피와 섞여 준성의 얼굴에서 흘러내렸다.

2

김작가는 새로 일어난 4차 사건을 취재할 예정이라고 했다.

동일범의 소행이란 가정 아래 지곡동 사건을 새로운 시각으로 보겠단 포부도 덧붙였다.

서린은 김작가에게 고맙단 인사를 남기고 전화를 끊었다. 도움이 필요하다면 언제든 돕겠단 말도 남겼다. 김작가가 믿을지는 모르겠지만 진심이었다.

도울 수 있다면, 무엇이든 돕고 싶었다. 태현의 무죄를 증명할 수 있다면 무엇이든 할 수 있었다.

서린은 반쯤 빈 카페를 나와 택시를 잡았다. 택시가 내비게이션에 입력된 목적지를 향해 달렸다. 창에 기댄 얼굴이 차가웠다.

"지난 2016년 벌어진 지곡동 사건을 기억하십니까? 유력한 용의자가 사고로 식물인간이 돼 미궁에 빠진 사건이었죠. 오늘 오후 지곡동에서 또 하나의 살인사건이 발생했습니다."

스륵 들던 잠을 깨운 건 라디오에서 흘러나온 뉴스였다.

남자의 단조로운 억양에 눈을 뜬 서린이 창에 기댄 머리를 들고 라디오를 노려봤다.

"……경찰은 지난 사건과 비슷한 점이 많다고 시인했으나 동일범에 의한 소행인지에 대해선 입을 닫았습니다."

택시는 지곡동으로 들어가는 다리를 건넜다. 이상하리만치 돌아다니는 사람이 없었다.

서린이 창밖을 휙 둘러봤다.

"어이구, 미친놈들. 끄떡하면 사람 죽인다니까 요샌."

택시기사가 볼륨을 약간 높였다.

뒤쪽 스피커에서 남자 아나운서의 또박또박한 목소리가 크게 울렸다. 서린은 등받이에 등을 기대고 사건 내용을 들었다.

피해자는 조깅 중이던 외국인이 발견했고, 경찰은 곧장 지곡천으로 출동했다.

피해자 시신 근처에 소지품이 놓여 있었기에 경찰은 피해자의 신원을 빠르게 확인할 수 있었다.

"미친놈들 참 많아요, 그렇죠?"

눈썹까지 흰 택시기사가 핸들을 꺾으며 물었다.

택시는 지곡동으로 진입해 주택가를 향해 맹렬히 나아갔다.

주말임에도 도로에 차들이 없었다.

뻥 뚫린 도로를 질주한 택시가 목적지와 가까워졌다.

"아가씨, 저 안까지는 못 가겠는데?"

주택가 골목에 진입해 서행하던 택시가 움직임을 멈췄다. 서린의 얼굴이 굳었다. 멀리 보이는 붉은 담 아래 열 명 가까운 사람들이 모여 있었다.

대문을 기웃거리던 사람들은 초인종에 대고 뭐라 말을 하다 이내 고개를 저으며 어깨를 으쓱였다. 정장을 입고 카메라를 든 모습이 그들의 직업을 유추할 수 있게 했다.

집을 찾아왔다던 기자들.

그들이 지금 저곳에 있었다.

"뭔 일 있나?"

"여기서 내릴게요."

서린은 돈을 지불하고 차에서 내렸다.

택시 안에 있을 땐 몰랐는데 주택마다 한 뼘씩 현관문이 열려 있었다.

그 사이로 사람들의 모습이 보였다.

호기심과 공포로 물든 사람들의 시선이 일제히 붉은 담을 가리켰다. 더듬거리며 앞으로 나아가는 서린을 발견한 누군가 '어머' 소리를 냈다. 어깨가 위축되고 명치가 답답했다.

"세상에. 뻔뻔하게."

문틈 사이에서 흘러나온 말이 뒤통수에 박혔다.

가방을 든 손에 땀이 찼다. 번갈아가며 손바닥을 옷에 문질러도 땀이 금방 차올랐다.

"이서린이다!"

담 아래 서 있던 기자의 말에 서린이 걸음을 멈췄다.

달려오는 얼굴들이 흥분에 젖어 야차처럼 보였다. 순식간에 둘러싸인 서린이 한가운데 서서 숨을 골랐다. 기자들의 질문이 쏟아졌다.

"오늘 오후 살인사건이 발생한 걸 알고 계시나요?"

"이번 피해자가 남편분과 연관돼 있단 경찰 관계자의 말이 있던데 아시나요?"

"피해 유가족들이 기자회견을 예고했습니다. 알고 계십니까?"

기자들의 손에 들린 핸드폰이 얼굴 가까이로 다가왔다. 주춤거리며 뒤로 물러난 서린이 서둘러 고개를 숙였다.

"사건에 대해 할 말 있으십니까?"

"아뇨……"

"남편 분이 유력한 용의자였는데, 이번 사건으로 공범 혹은 진범에 대한 이야기가 나오고 있습니다. 현재 심정이 어떤가요?"

"몰라요…… 모르겠어요."

원 안에 둘러싸인 몸이 이리저리 휘청댔다.

옷과 머리카락으로 낯선 손이 닿았다. 만지는 건지, 때리는 건지도 구분할 수 없었다. 얼굴로 플래시가 번쩍여서 눈을 뜰 수도 없었다.

"이서린 씨가 공범이라는 소문이 있었는데 들어보셨나요?"

"현재 심정이 어떤지 부탁드립니다!"

"경찰에게 할 말 있습니까?"

"모르겠어요. 제발 그만해주세요……."

손으로 얼굴을 가려도 소용이 없었다. 끈질기게 다가온 카메라가 얼굴을 담으려 했다. 발에서 힘이 빠졌다. 뒤로 물러나려 걸음을 옮긴 순간 엉덩이가 땅에 닿았다. 우스꽝스럽게 뒤로 넘어진 모습을 카메라가 담았다.

팔에 힘을 줘 일어서려 해도 땅을 짚은 손목에 힘이 들어가지 않았다. 얼굴이 달아오르고 속이 메슥거렸다. 일어날 수 있도록 손을 뻗어주는 사람이 없었다.

"이봐요!"

대문에서 들린 외침에 기자들의 고개가 뒤를 향해 돌았다.

대문 앞에 선 정호가 성큼성큼 이쪽으로 걸어왔다.

기자들이 엄청난 기세에 길을 터줬다.

서린을 일으킨 정호가 기자들 얼굴을 돌아보며 짧은 욕지기를 뱉었다.

대문에 들어서는 동안 붙잡는 사람은 없었다. 번쩍이는 플래시도, 셔터음도 들리지 않았다. 마당에 서 있던 희주가 반대편으로 와 부축을 도왔다.

인사할 정신도 없이 몸이 집 안으로 들어갔다.

"괜찮아요, 서린 씨?"

소파에 서린을 앉힌 희주가 옆에 앉아 물어왔다.

서린은 대답 대신 고개를 끄덕였다.

"전화는 왜 안 받은 거야?"

"……전화 온 줄 몰랐어."

"얼마나 걱정했는지 알아?"

"정호 씨, 그만해."

희주가 정호를 만류했다. 바깥의 소란과 대조되는 침묵이 긴장감을 키웠다.

입을 연 건 정호였다. 얼굴을 쓸어내린 정호가 망설이다 입을 열었다.

"당분간 희주 집에 가 있어. 짐은 싸뒀으니까 새벽에 나가자."

무어라 소리치는 소리가 희미하게 들려왔다. 잠시 창을 내다본 정호가 말을 이었다.

"지금 여기 있어 봐야 이런 꼴만 볼 거야. 사람들이 흥미를 잃을 때까지만 희주네 집에 있어."

서린이 고개를 돌려 그녀를 바라봤다. 눈을 마주친 희주가 전처럼 웃었다.

"희주도 괜찮다고 했으니까 걱정 마."

"……이번 사건이 태현 씨 무죄를 증명해줄지도 몰라."

서린의 뜬금없는 말에 정호가 인상을 썼다.

"태현 씨가 한 짓이 아닌 걸 사람들이 알게 될 거야."

"그래서?"

"내가 피할 필요 없다는 말이야."

"고집 부리지 마. 밖에 있는 사람들이 그런 걸 신경 쓸 것 같아? 형이 한 짓이 아니라고 밝혀져도 수군댈 거야. 저 사람들 눈에 너랑 형은 즐거운 놀잇감이니까."

정호의 눈이 분노로 일그러졌다.

서린은 열린 현관문 틈으로 내민 얼굴들을 생각했다.

그들은 기자들에게 공격받는 서린을 봤음에도 아무런 조치도 취하지 않았다.

그저 문틈으로 얼굴을 내밀고 방관했을 뿐이다. 놀잇감. 정호의 말이 적절했다. 그들에게 태현과 서린은 놀잇감이었다.

"나아질 거야. 경찰이 범인을 잡으면 오해도 풀릴 거고."

"그게 해결되고 나면 추락사고로 떠들걸? 남편이 아내를 죽이려고 한 거다 뭐다 하면서."

자조적인 정호의 말이 허공을 돌아다녔다. 깨문 입술에서 눅눅한 쇠 맛이 났다.

"밖이 조용해질 때까지만이라도 희주 집에 가 있어."

애원 같은 부탁에 서린이 하는 수 없이 고개를 주억거렸다.

희주가 자리에서 일어나 부엌으로 사라졌다. 달그락거리는 소리가 들리더니 커피포트 끓는 소리가 거실로 새어들었다.

등을 기댄 서린이 넌지시 말했다.

"태현 씨를 믿어?"

이마를 감싼 정호가 무슨 말을 하느냐는 듯 쳐다봤다.

"태현 씨가 한 짓이 아니라고 믿는 거지?"

"……당연하지."

정호가 고개를 돌렸다.

차를 내온 희주가 테이블 위로 찻잔을 내려놨다. 뜨거운 연기가 천장을 향해 길게 퍼졌다. 세 사람 중 누구도 찻잔을 들지 않았다.

새벽이 되자 대문 밖은 조용해졌다.

진을 치고 있던 기자들은 보이지 않았고, 방송국 마크를 단 차도 없었다.

 슬쩍 대문을 빠져나온 정호가 담 끝 쪽에 주차된 희주의 하얀 SUV로 걸어갔다. 뒤를 이어 희주와 서린이 집을 나왔다. 정호는 뒷문을 열고 옷과 소지품이 든 가방을 실었다.

 희주가 보조석 문을 열어 서린을 태웠다.

 "잠잠해지면 연락할게."

 정호는 운전석 창에 기대 말했다. 알겠다고 대답하며 서린이 안전벨트를 맸다.

 희주가 시동을 걸고 핸들을 돌렸다. 백미러에 비친 정호의 모습이 멀어졌다.

 차는 주택가 입구에 서서 신호를 기다렸다.

 며칠 전 방문한 편의점에 기자 한 명이 있었다. 놀란 서린이 고개를 숙이자 희주가 옆을 보곤 차를 움직였다.

 "걱정 마요. 저기서 이 안까진 안 보일 테니까."

 신호가 켜졌다. 차는 우회전해 서울로 나가는 다리에 가까워졌다.

 희주는 액셀러레이터를 밟아 빠르게 지곡동을 빠져나왔다. 새벽임에도 하늘이 어둑어둑했다.

 고속도로를 달린 차가 서울 시내에 진입해 속도를 줄였다. 그때까지도 조용하던 희주가 불쑥 서린에게 말을 걸었다.

 "정말 아무런 기억이 없어요?"

 "네?"

 "사건에 대한 것도, 사고에 대한 것도 전혀 기억이 없냐고요."

 메모지에 휘갈긴 단어들이 떠올랐지만 서린은 좌우로 고개를 저었다.

"아무것도요."

핸들 위에 올려놓은 희주의 손가락이 일정한 박자를 가지고 움직였다.

톡. 톡.

저는 그 사건의 생존자예요.

기억을 배회하던 여자의 목소리가 느닷없이 파고들었다.

관자놀이를 누른 서린의 고개가 방향을 잃고 움직이다 희주의 손가락에서 멈췄다.

한태현을 사랑해요?

기억이 거슬러 올라갔다. 여자의 목소리가 잔잔하게 물었다.

그 안에 든 게 내가 아는 한태현이에요.

테이블 위로 여자의 손이 보였다.

은색 USB를 건넨 손가락이 길고 하얬다.

그 손이 핸들을 두드리는 희주의 손가락 위로 오버랩됐다.

본능처럼 손을 뻗은 서린이 희주의 손목을 잡았다.

"왜요?"

슬쩍 자신에게 고개를 돌리는 희주를 보자 서린이 입을 다물었다. 무슨 말을 어떻게 꺼내야 할지 감이 잡히지 않았다.

"왜 그래요?"

차가 서서히 지하주차장으로 진입했다.

구불구불한 길을 따라 밑으로 내려갔다. 빨간 빛을 낸 경고등이 요란스럽게 소리를 냈다.

"희주 씨."

차는 주차 자리를 찾아 서행했다. 주차장이 무서울 만큼 조용했다.

"전에……."

서린은 희주의 손목을 놓고 말을 골랐다. 관자놀이에서 맥박이 쿵쿵 뛰었다.

"우리가 만난 적 있었나요?"

직진하던 차가 시끄러운 소리를 내며 멈췄다.

희주와 서린의 눈이 서로를 보았다.

3

소녀는 침대에 누워 찢어진 교복자락을 쥐었다.

엄마의 우는 목소리가 커질수록 교복을 쥔 손은 더 하얗게 변했다.

소녀의 엄마는 괴로움을 참지 않고 토해냈다.

엄마의 울음을 들으며 소녀는 볼 안쪽을 깨물었다.

시끄러워.

하지 못한 말이 앞니를 두드렸다.

소녀는 이불을 머리끝까지 덮고 숨을 참았다. 미미하게 소독약 냄새가 풍겼다. 불과 몇 시간 전만 해도 질식시킬 것처럼 코를 찌르던 냄새였다.

신경질적으로 이불을 걷어낸 소녀가 허리를 일으켜 침대에 앉았다.

충격과 고통으로 하반신이 움직이지 않아서 소녀는 문을 향해 베개를 던졌다.

"시끄러워! 그만하란 말이야!"

지금 이 순간 제일 힘든 건 나라고. 엄마가 나만큼 아파? 나만큼 죽고 싶어?

목적 없는 비난을 쏟아내는 동안 엄마의 울음이 작아졌다.

등을 돌려 침대에 누운 소녀가 이불에 얼굴을 묻고 엉엉 울었다. 오랜 시간 볼에 닿아 있던 눈 때문에 얼굴이 붓고 아렸다.

아래를 드나들던 난폭한 흉기의 감각도 선명했다. 자신을 짐승처럼 다루던 야만적인 손도, 배를 밟던 발도 생생했다. 끈질긴 감각이 소녀를 괴롭혔다.

"선희야, 얼른 씻자. 씻고 나면 괜찮아질 거야."

소녀의 엄마는 문을 두드리며 속삭였다. 집 안엔 소녀와 엄마 둘뿐인데도 비밀을 말하듯 작은 목소리였다.

소녀는 미동 없이 누워 계속해서 울었다. 괜찮을 거란 엄마의 말은 도움이 되지 않았다. 차라리 죽어버리란 소년의 말이 더 와 닿았다.

이런 짓을 당했는데 살 수 있을까?

멀쩡하게 친구들을 만나고 학교에 갈 수 있을까?

아니, 그럴 수 없다.

멀쩡하게 살 수 있을 리가 없다.

눈물을 닦은 소녀가 침대 밑에 던져진 넥타이를 찾아 목에 둘렀다. 목을 옥죈 넥타이를 잡아당기자 넥타이가 목을 파고들었다.

움직이지 않던 발이 까딱거렸다. 고통으로 살아난 몸부림이었다. 소녀는 멈추지 않고 넥타이를 당겼다. 기도가 막힌 목에서 껙껙 소리가 터져 나왔다.

헛바닥이 늘어지는 걸 느끼며 소녀는 있는 힘을 다해 스스로의 목을 졸랐다. 얼굴이 보라색으로 변해갔다. 부풀어 올라 터질 것처럼 볼과 입술이 두근두근거렸다.

"선희야!"

잠긴 문이 열리고 소녀의 엄마가 침대로 뛰어들었다.

소녀의 손이 부들거렸다. 손을 떼어낸 엄마가 소녀의 목에서 넥타이를 치웠다. 공기가 소녀의 폐로 밀려들었다.

"우욱……."

노란 위액이 침대를 적셨다. 살아난 소녀가 엄마를 향해 주먹을 휘둘렀다.

"왜! 왜! 그냥 내버려두라고! 그냥!"

"선희야……."

"죽어버릴 거야. 죽어버릴 거라고!"

소녀의 엄마가 소녀를 진정시키기 위해 팔을 벌리고 침대에 누웠다. 품에 안긴 소녀가 몸부림을 치다 잠잠해졌다.

"너무 아팠어."

소녀는 품에 안겨 고백했다.

"하지 말라고 했는데 내 머리카락을 밟고 안 놔줬어."

소녀의 긴 머리카락을 밟은 소년이 다른 소년을 향해 손짓했다. 교복치마를 벗기란 뜻이었다.

"거기 가지 말걸. 내 잘못이야. 내가 잘못한 거야."

끝없는 자책이 소녀를 흔들었다. 왜 거기에 갔어? 왜 그 애들과 어울렸어? 후회 섞인 질문이 생길 때마다 소녀는 입을 다물었다.

그 애가 불러서 갔어. 그 애가 친절하고 다정하게 대해줬어. 좋은 아이라고 생각했어. 날 위로하고 이해해줬어.

그런데 이게 다 무슨 소용이 있어?

아무리 대답해도 결과는 바뀌지 않는데.

"엄마, 어떡해? 나 무서워."

얼굴을 찍던 카메라를 봤다. 소리치고 우는 소녀의 모습이 그곳에 찍혀 있을 것이다.

사진을 퍼트리면 어떡하지? 친구들이 본다면, 선생님이 보고, 가족들이 보게 된다면…….

코끝이 욱신거렸다. 소독약 냄새가 나던 소년의 얼굴이 떠올랐다.

"걔네가 날 평생 기억하면 어떡하지?"

"괜찮을 거야. 다 지나갈 거야."

등을 토닥이는 손길이 부드러웠다. 소녀가 더 깊숙이 품에 안겼다.

4

너무 넓지도 좁지도 않은 곳이었다.

현관을 열면, 성인 남자 세 명이 누울 수 있는 작은 방이 있었고, 거길 지나면 침실 겸 거실로 쓰이는 공간이 나타났다.

천장과 벽은 베이지색 벽지였는데, 서린은 차분한 색이 희주와 어울린다고 생각했다. 벽에 걸린 그림들 때문에 그런 느낌이 더 돋보였다.

눈여겨본 건 입구에서 방으로 이어지는 복도에 걸린 그림들. 지나쳐 걸으면서도 묘하게 시선을 사로잡았다.

그림에 대해선 잘 몰라도 벽에 걸린 그림들이 전문가의 솜씨가 아니란 건 알 수 있었다.

도화지 바깥으로 뻗어나가는 단색의 선들이 어린아이의 것처럼 단순했다. 붙어 있는 다섯 장의 그림들은 방으로 갈수록 색이 다양해지고 도형이 많아졌다.

도화지를 벗어나려던 선들이 집과 나무로 바뀌었다. 특히 맨 끝에 걸린 그림은 제법 출중한 솜씨를 보였다.

자화상을 그렸는지 도화지 한가운데 둥근 소녀의 얼굴이 있었다.

처음 봤을 땐 우는 모습인 줄 알았는데, 자세히 보니 웃는 모습이었다. 슬쩍 올라간 입술과 아래로 내려온 눈꼬리가 소녀의 웃음을 증명했다. 잔잔한 미소였다.

"어디까지 기억해요?"

창가에 선 희주가 물끄러미 아래를 내려다보며 물었다. 15층까지 올라오는 동안 입을 다물고 있던 게 믿겨지지 않을 정도로 자연스러운 질문이었다. 꼭, 준비하고 있던 대사를 읊는 배우 같았다.

서린은 1인용 소파에 앉아 조용히 대답했다.

"생존자였다는 말, 태현 씨를 사랑하냐고 물었던 거 그리고 뭘 건넨 것 같았는데……. 그게 뭔지는 모르겠어요."

생존자…….

희주는 가만히 그 단어를 발음했다. 어렵지 않은 단어임에도 외국어를 말하는 것처럼 낯설고 어려웠다. 입 밖으로 꺼낼 땐 특히나 더 그랬다.

이 생소하고 낯선 단어를 입에 올린 적은 딱 한 번. 그리고 그걸 들은 상대는 소파에 앉아 이리저리 시선을 돌리는 이서린이었다.

희주는 발가락에 힘을 줘 몸이 기울어지지 않도록 노력했다. 마음이 흔들리지 않도록 스스로를 다잡을 때 쓰는 버릇이었다. 고개를 틀지 않은 채 희주가 창문을 통해 서린의 모습을 훔쳐봤다.

서린은 희주가 내어온 커피를 마시며 방을 둘러보았다.

모든 게 깔끔했다.

아니, 사실 이건 깔끔한 게 아니라 비어 있는 거다. 벽에 걸린 텔레비전과 부엌에 설치된 냉장고를 제외하면 전자제품이랄 게 없었다.

가구도 마찬가지였다. 작은 방은 어떤지 몰라도 서린이 있는 공간은 마주보는 1인용 소파와 사이에 놓인 테이블, 소파 뒤로 퀸 사이즈 매트리스가 전부다.

이곳은 '집'보다는 '작업실' 혹은 '사무실' 같은 이름이 더 알맞았다. 가구와 전자제품은 살기 위한 최소한으로 존재할 뿐, 그마저도 사용감은 거의 없어 보였다.

희주는 이런 곳에서 사는 걸까? '살다'라는 말이 어울리지 않는 집이다. 잠시 머물다 사라지기 위한 곳으로 쓰이기 알맞은 곳이지, 절대 집이라고는 생각할 수 없었다.

"중요한 건 다 기억했네요. 세 문장만 이어도 무슨 상황인지 유추할 수 있지 않아요?"

맞은편 1인용 소파에 앉은 희주가 무표정하게 서린을 바라봤다.

허공을 쏘다니던 서린의 눈이 희주에게로 닿았다.

상냥하게 웃던 표정은 사라진 지 오래였다. 작위적이던 미소는 더는 보이지 않았다. 그 자리를 대신 채운 건 생기 없는 눈이었다.

"한태현을 들먹이면서 사랑하냐고 물었고, 나는 생존자라고 밝혔고, 증거로 건넨 물건까지. 평범한 상황은 아니잖아요."

지친 얼굴.

희주는 어깨를 움츠리고 졸린 것처럼 느리게 눈을 깜빡였다. 있는 힘껏 짓던 미소보다는 이쪽이 더 자연스러웠다.

"서린 씨가 상상한 상황이 뭔지 말해봐요. 내가 맞는지 아닌지 대답해줄 테니까."

"……처음엔 태현 씨와 만나던 사이가 아닐까 생각했어요."

비웃을 거라 짐작한 말에도 희주는 진지하게 귀를 기울였다. 계속하라는 의미로 고개를 끄덕이기까지 했다.

두 손을 맞잡은 서린이 목울대를 움직였다.

"계속 생각했는데 생존자라는 말이 걸렸어요. 서로 만나던 사이였다면 스스로를 생존자라고 부를 필요는 없지 않을까? 그런 다음에 또 생각했죠. 스스로를 생존자라 부를 수 있는 사람에 대해서."

단서는 강력했고 상상은 제한적이었다. 생존자라 부르기 위해선 사건이 필요했다.

'사건.'

무슨 사건인지는 몰라도 그게 좋은 일이 아닐 거란 직감은 있었다. 사건에 대한 범위를 좁혀갈수록 그만 멈추란 소리가 들렸다. 태동처럼 꿈틀대던 기억이 보낸 경고였다.

"깨어나자마자 찾아온 경찰은 남편을 살인사건 용의자라고 말하고, 추락사고에 대해선 남편이 한 짓이라고 의심까지 해요."

'피해자'도 아니고 '생존자'.

시간이 지나 사건 속에서 살아남은 사람. 그렇다면 '사건'은 오래전 일일 것이란 게 서린의 생각이었다.

"남편에 대한 의심은 있어요. 인터넷에 검색만 해봐도 그럴싸한 글이 수천 개는 되니까. 그래도 그 글이 전부 진실은 아니잖아요."

희주의 말 전부를 믿지는 않는다. 태현이 식물인간 상태인 지금, 당사자가 없이는 누구의 말도 신뢰할 수 없었다.

서린이 희주의 눈치를 봤다. 희주는 조각처럼 굳은 채로 서린의 말을 경청했다.

"희주 씨가 왜 나를 찾아왔는지, 무슨 이유 때문이었는지 궁금하지 않아요. 더구나 태현 씨가 없는 지금은…… 무슨 말을 들어도 믿기 힘들고요."

서린의 말이 끝났음에도 희주는 가만히 앉아 있었다. 화를 내지도 않았고 서린을 설득하려 들지도 않았다. 어떤 반응도 없다는 게 오히려 서린을 불안하게 만들었다.

"……한태현이 직접 말해주면 그땐 믿을 거예요?"

오랜 침묵 끝에 희주가 입을 열었다. 여전히 표정은 없었다.

"그게 어떤 일이든, 믿을 수 있겠어요?"

"네."

서린은 단호하게 대답하면서도 희주의 눈을 피했다.

희주는 서린에게 시선을 고정했다. 눈을 마주치지 않는 그녀의 모습은 필사적인 방어 태세 같았다. 땅에 던져진 물고기가 물을 찾아 펄떡이는 것처럼 아주 필사적인.

"좋아요, 그럼. 내가 왜 이서린 씨를 찾아갔는지, 무슨 이야기를 했던 건지에 대해선 아무 말도 안 할게요. 믿을 수 없다니, 말해봐야 입만 아프겠죠. 진실을 말해도 외면 받는 건 오래전에 질리도록 경험했거든요."

직업적인 습관이 말투에서 묻어나왔다. 상황과 어울리지 않는 부드러운 말투에 서린의 어깨가 힘을 풀었다. 그걸 지켜본 희주가 잔을 빙글빙글 돌렸다. 식어버린 커피에서 단 냄새가 올라왔다.

서린을 설득할 생각 따윈 애초부터 없었다. 이건 설득하고 말고의 문제가 아니었다. 이서린이 받아들이고 깨달아야만 끝을 낼 수 있는 문제였다. 희주가 바라는 건 닦달하고 화를 낸다고 해서 얻을 수 있는 게 결코 아니었다.

어슴푸레한 새벽이 지나고 동이 터왔다.

서린이 앉은 곳으로 아침 햇살이 번져왔지만 따뜻함이 느껴지지는 않았다.

서린의 발은 볕으로부터 도망쳤다. 닿으면 타버릴 것처럼 다급한 움직임이었다.

다 마신 커피 잔을 든 희주가 부엌으로 갔다.

밥을 차리려고 하는지 냉장고를 열었다 닫는 소리가 들렸다. 적막한 공간에 물소리와 그릇 소리가 났다. 생활감이 없는 곳에 퍼지는 생활소음이 어색했다.

"재료가 없어서 간단하게 아침 차릴게요."

등을 돌린 희주가 가스레인지 앞에 서서 불을 켰다. 화륵 타오른 불꽃이 중심을 잡지 못하고 일렁였다.

서린은 멀지 않은 곳에 선 희주를 곁눈질하다 벽으로 눈을 돌렸다.

베이지색 벽지가 비정상적으로 두근거리던 심장을 진정시켰다. 아까보다 환해진 방을 본 서린이 입구에서부터 느낀 위화감의 원인을 깨달았다.

모든 게 최소한으로 구비돼 있지만 다른 걸 차치하고서라도 이곳을 '집'이라 부를 수 없는 가장 중요한 이유가 있었다.

아무리 눈을 돌려도 확인할 수 없는 '그것'. 집이라면 으레 존재할 그게 이곳엔 존재하지 않았다.

"눈이라도 좀 붙여요. 밥 되려면 시간 걸리니까."

이 공간 어디에도 희주를 담은 사진이 없었다.

5

딸의 시신을 확인한 남자는 멍하니 손을 내려 차가워진 딸의 뺨을 만졌다.

손끝으로 닿는 죽음의 기운이 어떨지 가늠할 수 없어서, 지성은 남자가 충분히 딸을 위로할 수 있도록 자리를 비켰다. 지성이 해줄 수 있는 최선의 위로였다.

형사 생활, 그 중에서도 강력사건을 다루는 형사에게 가장 힘든 일은 범인과 맞서는 것도, 제압 중에 다치는 것도 아닌 사건의 유족을 상대하는 일이었다.

쓰러지는 유족을 보는 것보다 범인의 칼에 맞는 게 차라리 속이 편했다.

피해자가 어리고 약한 존재일수록 유족을 대하는 건 더욱 어려웠다. 그들에게 어떤 위로를 건네도 상처가 나아지지 않을 것임을 알아서 더 속이 쓰렸다.

"짐승만도 못한 새끼."

지곡천에서 4년 만에 벌어진 이번 사건의 피해자는 스무 살의 대학생 김지수 양.

2016년 발생했던 다른 사건과 같이 후두부를 강타당하고 목이 졸렸다.

발견 장소는 세 번째 피해자가 발견된 산책로였으나, 사건 발생 장소는 그곳에서 몇 걸음 떨어진 수풀 사이였다.

"됐습니다……. 딸이 맞아요."

남자는 복도로 나와 지성에게 말했다.

수척한 얼굴이 남자의 고통을 대변했다. 지성은 조심스럽게 남자에게 질문했다.

"지곡동엔 새벽에 도착하셨다고요?"

"예, 사업상 해외를 오가는 일이 많습니다. 원래는 3일 전에 왔어야 하는데 날이 안 좋아서 비행기가 못 떴어요. 겨우 비행기를 구해서 온 게 어제 새벽입니다. 오늘이……."

남자의 말끝이 희미해졌다. 지성은 비틀거리는 남자의 팔을 잡았다. 남자의 숨에서 쓴 냄새가 났다.

"딸애 생일이라 꼭 오려고…… 늦지 않게 와서 다행이라…."

지성은 차마 현장에 대해 말할 수 없었다.

피해자가 탄 휠체어가 수풀 사이에 있었다는 것도, 피를 흘리며 살기 위해 산책로로 기어갔다는 것도, 그곳에서 살려달라고 외치다 과다출혈로 죽었다는 것도 설명할 수 없었다.

후두부가 함몰되고 목이 졸리고 이마에 멍이 들어 있었지만 부검의가 내린 정확한 사인은 과다출혈. 그나마 남자에게 건넬 수 있는 위로는 피해자의 몸에서 성폭행 흔적이 나오지 않았다는 것뿐이다.

그렇지만 그게, 위로가 될 수 있을까?

남자의 딸은 살기 위해 손톱이 부러지도록 땅을 기었다. 목이 졸리고 몇 번이나 바닥에 이마를 박으면서도 살려고 노력했다. 그런 그녀가 성폭행만큼은 당하지 않았다는 게 남자에게 위로가 될 수 있을까?

피해자는 자신의 생일날 침대가 아닌 차가운 부검대 위에 올라야 했다.

부검의는 피해자의 부검을 마치고 혀를 찼다. 최초 발견자가 10분만 빨리 발견했어도 살 수 있었을 거란 말이 지성의 심장을 잡아 비틀었다.

10분. 피해자에게 삶과 죽음이 결정되는 시간은 그토록 짧았다.

"따님을 마지막으로 목격한 게 몇 시쯤이었습니까?"

"아침에 같이 밥도 먹었습니다. 점심 지나고 산책 다녀온다고 한 게 오후 한 시였어요. 산책로에 도착해서 사진을 보내온 게 한 시 이십 분쯤 됐고요."

"따님이 평소에 지곡천을 자주 찾았나요?"

"지수가 다섯 살 때 교통사고로 다리를 다쳤습니다. 초중고 모두 일반학교를 다니기는 했지만 친구를 사귀지는 못했어요. 그러다 고등학교에서 친구를 만났는데, 그게 소리입니다. 3년 전에 지곡천에서 살해된."

이미 알고 있는 정보였다. 게다가 지수는 안소리가 공사장에서 발견된 후 직접 경찰서를 찾아와 그 아이에 대해 말해준 사람이기도 했다.

당시 지수를 면담한 건 파트너인 호석이었지만 지성은 휠체어를 탄 지수를 비교적 또렷하게 기억했다. 길을 막아 죄송하다며 연신 고개를 숙이던 아이. 교복과 어울리는 앳된 얼굴이 친구를 잃은 슬픔과 절망에 젖어 있었다.

"종종 거기에 가서 쉬다 왔습니다. 인적이 드문 쪽에서 발견했다고 하셨죠? 당연한 일일 거예요. 휠체어를 타고 산책로를 지나면 안 좋게 보는 사람들이 있었거든요. 길을 막는다고."

충분히 상상이 됐다. 자전거도로가 있기는 했지만 딱 한 대가 겨우 지날 정도로 폭이 좁았고, 산책로 역시 휠체어 한 대가 지나면 통행이 불편할 정도로 좁았다. 지곡동 자체는 완벽하고 깨끗하게 꾸며져 있었지만, 그건 어디까지나 육체가 제한되지 않은 사람들에 한해서였다.

지수는 사람들에게 피해를 주지 않으려다 표적이 된 거다.

산책로에서 뻗어 나온 두 갈래 길 중 인적이 드물고 정비되지 않은 산책로를 고른 건 지수의 선택이기도 했지만 사람들의 강요이기도 했다.

"소리를 죽인 범인이 지수를 죽인 걸까요?"

남자의 목소리에 물기가 어렸다.

"대체 왜 지수를, 걷지도 못하는 그 애를 왜 죽인 걸까요?"

기어이 주저앉은 남자가 손으로 가슴을 치며 울었다.

지성은 남자를 부축하려다 행동을 멈췄다. 지금 울지 않으면 앞으로 남자가 울 기회는 많지 않을 것이다. 그간 봐온 유족들은 그랬다. 자식이나 친구, 연인의 죽음을 확인한 다음엔 펑펑 울지만 그 후엔 울 수 없다. 범인을 잡아 피해자의 한을 풀어주기 전까지 그들에게 눈물은 허용되지 않는다. 가혹한 사실이다.

왜 내 딸을 죽인 거야! 왜 내 딸을!

울려 퍼지는 남자의 외침이 허망했다. 남자는 누구인지도 모르는 가상의 범인에게 분노를 쏟아냈다.

지성은 남자의 모습을 보며 아들을 생각했다. 만약 아들이 죽는다면, 차가운 부검대 위에 누운 게 남자의 딸이 아니라 자신의 아들이었다면. 유족이 된 아버지가 가장 원하는 건 무엇일까?

"제발 범인을 잡아 왜 내 딸을 죽였는지 좀 물어봐줘요, 형사님……."

범인을 잡아 듣고 싶을 것이다. 왜 나의 가족이, 친구가, 연인이 희생돼야 했는지.

지성은 먹먹한 가슴을 참고 남자를 일으켰다. 남자의 울음이 복도를 떠나지 않았다.

흩어져 있던 전담팀 형사들은 사무실에 모여앉아 텔레비전을 노려봤다.

잊힐 거라고 여겼던 사건이 되돌아왔다.

유력한 용의자가 식물인간이 돼 병원에 있는 지금, 새롭게 일어난 사건의 주요 쟁점은 모방범이냐, 공범이냐의 문제였다.

종편 뉴스에 나온 국회의원 출신 패널은 공범을 운운하며 경찰의 무능함에 대해 지루한 설교를 해댔다. 그의 말 속에 피해자와 유족을 향한 위로는 조금도 담겨 있지 않았다.

"그러니까요, 이 사건은 결국 경찰이 막을 수 있었음에도 막지 않은 사건이란 겁니다. 당시에 수사만 제대로 했어도 공범의 존재를 확인할 수 있었단 말이죠."

"공범이 존재한단 증거가 없었지 않습니까?"

발끈한 범죄학 교수가 반박했다.

무책임하고 어이없는 발언에 교수가 아나운서에게로 고개를 돌렸다. 패널의 말을 막은 아나운서가 간단하게 요점을 정리했다.

"이번 사건이 멈춰 있던 연쇄살인의 재시작점이란 게 참 무섭게 느껴집니다. 다만 이해가 가지 않는 게, 어째서 3년 가까운 시간이 지나 다시 범행을 한 걸까요?"

아나운서의 질문에 교수가 차분히 손을 들어 대답했다.

"화성 연쇄살인사건의 경우에도 비슷한 질문이 있었습니다. 살인이라는 게, 특히 연쇄살인의 경우는 범인 스스로가 범행을 억제하지 못합니다. 다시 말해 살인을 끊을 수가 없어요. 때문에 등장했던 게 범인이 죽었을 거란 가설 하나와 범인이 다른 범죄로 교도소에 있을 거란 가설이었습니다. 짐작컨대 이 사건의 범인은 다른 범죄 혐의로 교도소에 있었거나, 지곡동이 아닌 다른 지역으로 터를 옮겼을 겁니다. 그러다 다시 돌아온 거죠."

"돌아온 이유가 있을까요?"

"범행을 멈췄던 이유가 뭐냐에 따라 해석이 달라질 겁니다."

이후의 내용은 자극적이기만 한 쓸데없는 사담이었다.

뒤에 앉아 있던 지성이 텔레비전을 껐다. 형사들의 얼굴이 어두웠다. 경찰을 향한 비난 때문이 아니라 피해자와 유족을 향한 미안함 때문이었다. 잘못은 범인이 저질렀음에도 형사들은 지울 수 없는 죄책감을 느껴야 했다. 지수를 직접 면담했던 호석은 훨씬 심했다.

"여기서 이러고 있을 시간 없어. 나가서 뭐라도 건져오라잖아."

지성이 애써 큰 목소리를 냈다. 처져 있던 형사들의 어깨가 기운을 차리려고 으쓱거렸다.

"네 번째 피해자는 세 번째 피해자랑 연관이 있었어. 이것만으로도 우리가 할 수 있는 게 있다고."

서로의 어깨를 두드린 형사들이 자리에서 일어나 밖으로 나갔다.

지성은 남아 있는 호석의 옆으로 가 앉았다. 호석이 손으로 얼굴을 가렸다.

"꼭 잡자."

지성의 말에 호석이 고개를 끄덕였다.

최선의 대답이었다.

6

윤성은 리본 모양 스팽글이 달린 머리띠를 준성에게 씌웠다.

유행이 지나 촌스럽기는 했지만 한태현이 간직한 머리띠라는 점에서 마음에 들었다.

클리어파일 속에 든 사진과 머리핀, 팬티를 보며 윤성은 다음 토끼몰이의 대상을 골랐다. 40매 가까운 낱장 속에 한태현이 선택한 토끼들이 취향대로 정리돼 있었다.

"형, 봐봐. 이 중에 뭐가 좋아?"

피가 묻은 양말, 반쯤 사용한 립스틱, 머리카락이 엉켜 있는 빗, 낡은 손목시계까지.

누군가 사용했던 게 분명한 소지품들이 주인의 사진과 함께 들어 있었다. 친절하게도 사진마다 날짜까지 적어둔 꼼꼼함에 절로 존경심이 생긴다.

한태현은 그저 그런 변태로 몰릴 인간이 아니었다. 한태현은 엽총을 든 사냥꾼이고, 전능한 포식자다. 그가 고른 토끼들은 그런 사실을 모르고 자신의 옷이나 화장품, 개인적인 용품을 훔쳐간 절도범을 단순한 변태로 치부한다.

그들은 자신이 선택됐음을 모른 채 무방비하게 거리를 돌아다닌다. 어리석고 무지하다. 가치 따윈 전혀 찾을 수 없는 존재들이 한태현의 존재를 업신여기는 건 참을 수 없다. 더욱이 한태현이 윤성에게 자신의 자리를 위임한 지금은 더더욱.

"어제 고른 건 별로였어. 손맛이 없었거든. 그러니까 오늘은 신중하게 골라야 해. 발버둥치고 펄떡이는 걸로. 알겠지?"

준성에게 클리어파일을 넘겨준 윤성이 머리띠와 함께 있던 사진을 꺼내 자신의 노트에 붙였다.

2015.10.22. 김지수

클로즈업된 얼굴 밑에 또박또박한 한태현의 글씨가 적혀 있었다.

휠체어를 탔을 줄은 몰라서 조금 당황했지만, 어쨌든 사냥은 무사히 끝마쳤다.

다른 토끼들에 비해 반항이 거세지 않다는 점이 지루해서 바로 죽이지는 않았다. 대신 죽어가는 모습을 보며 지루함을 달랬다. 그래도 시시하기는 했다. 두 번째 토끼처럼 주먹을 휘두르고 악을 질러댔으면 좋았을 텐데.

아쉬움이 많이 남는 사냥이었기에 다음 토끼 선택은 신중해야 했다.

윤성은 약에 취해 흐린 눈을 한 준성의 뺨을 쳤다. 반대편으로 돌아간 고개가 슬그머니 제자리로 돌아왔다.

"제대로 선택해. 정신 차리고."

한태현이 코마 상태에 빠지지 않았더라면, 형은 여전히 독방에 갇혀 오줌이나 지리고 있었을 것이다. 윤성은 아쉬운 마음에 준성의 반대쪽 뺨을 쳤다.

강준성이 이곳에 있는 이유는 단 하나.

한태현의 친구란 이유 때문이었다.

"잘 생각하라고. 한태현이었다면 뭘 더 마음에 들어 했을지."

오랫동안 한태현의 주변을 맴돌며 한태현을 따라했지만, 한태현의 취향에 대해선 확신할 수 없었다. 그에게서 배운 모든 걸 종합해도 부족한 감이 존재했다.

한태현이 멀쩡했을 땐 그의 뒤를 밟으며 토끼들을 선택하면 됐지만, 지금은 그럴 수 없었다. 그의 취향은 윤성이 멋대로 판단할 수 없는 영역이었다. 애초에 토끼를 모은 게 그였기에 대상은 신중하게 선택해야 했다.

"기억을 떠올려봐. 한태현이 어떤 걸 좋아했는지."

"이거."

준성이 보라색 귀걸이를 지목했다.

윤성이 귀걸이와 함께 든 사진을 파일에서 꺼냈다.

길고 붉은 머리카락을 하나로 묶은 여자의 얼굴 밑으로 '2014.04.11. 한은희'란 글자가 적혀 있었다.

"한은희?"

기억을 더듬어보았다. 2014년이면 한태현이 스물다섯, 윤성이 열일곱이던 해다.

"아…… 그 여자."

기억이 났다.

결혼을 앞둔 한태현이 공예소를 짓기 위해 자주 드나들던 건축사무실의 직원.

윤성의 눈에도 제법 예쁘장한 얼굴이었다.

이 여자가 지곡동에 아직 있나?

며칠 둘러본 바에 의하면 한태현이 자주 갔던 카페나 식당은 상호가 바뀌었거나 아예 없어졌다. 공예소는 아예 사라졌고, 건축사무실이 있던 곳엔 타운하우스가 들어섰다.

찾으려면 찾을 수야 있겠지만 이 여자 하나 때문에 얼마 없는 시간을 잡아먹을 순 없었다.

"이 여잔 안 돼. 다른 걸로 골라."

흐리멍덩한 눈이 파일 맨 앞을 가리켰다.

안에 든 건 아이보리색의 손수건. 손수건에는 'SL'이란 이니셜이 노란색 자수로 놓아져 있었다.

"이건 또 누구야?"

보통은 사진에 얼굴이 찍혀 있지만, 손수건의 주인은 뒷모습이 찍혀 있었다. 날짜도 이름도 적혀 있지 않았다. 더듬어봐도 손수건의 주인은 본 기억이 없었다.

"SL? 배선희는 아닌데."

추억 같은 이름에 준성의 시선이 잠시 움직였다.

170

그걸 놓치지 않고 윤성이 이죽거렸다.

"왜? 보고 싶어? 하긴, 형이 제일 처음 좋아했던 계집애였지."

준성의 첫사랑.

동시에 한태현의 존재를 깨닫게 해준 여자.

"걱정 마. 배선희도 찾을 거니까. 걔야말로 선택받은 첫 토끼잖아. 처음이란 건 엄청난 의미라고."

그리고 윤성의 세계를 완벽하게 다져준 사건의 핵심.

윤성은 손수건을 코에 갖다 댔다. 손수건에선 아무런 냄새도 나지 않지만 부러 킁킁거리며 냄새를 맡았다.

또다시 토끼몰이의 시작이었다.

7

짤막한 기사 하나가 인터넷에 올라왔다. 서울의 모 중학교에서 동급생 세 명이 같은 반 여학생을 강간했다는 기사였다. 기사엔 세 개의 댓글이 달렸다. 두 개는 피해자를 위로하는 내용이었고, 나머지 하나는 피해자가 '원래 그런 애'였단 식의 댓글이었다.

예상대로 기사는 빠르게 잊혀졌다. 그 해 예고된 정부의 2017 주택정책이 더 큰 화제를 모았다. 정부정책으로 서민들이 죽어난단 댓글이 매일 수백 개씩 올라왔다. 어른들은 소녀의 일에 관심이 없었다.

기사를 눈여겨본 건 해당 중학교에 다니는 학생들이었다. 학생들이 모인 단체 채팅방에 기사 링크가 올라왔다. 눈치 빠른 학생 한 명이 며칠 전부터 등교하지 않는 옆 반 소녀를 기억했다. 소녀의 이름이 나오자, 얼마 전부터 수업에서 제외돼 상담실을 오가던 세 명의 소년들까지 거론됐다.

사건이 명확해지자 수학여행으로 들떠 있던 분위기가 즐거움과 기대감이 아닌 호기심과 혐오로 팽배해졌다. 말들은 끝없이 이어졌고 천진함에 가려져 있던 아이들의 잔인함이 드러났다.

소문은 걷잡을 수 없는 방향으로 흘렀다.

열다섯 살 아이들에게 소녀는 흥미로운 놀잇감이었고 만만한 외톨이였다.

아이들은 삼삼오오 모여 소녀의 책상 위로 더러운 걸레를 던졌다. 걸레에서 올라온 시큼한 악취가 코를 찔렀다. 아이들은 소녀에게 들릴 만큼의 크기로 속삭였다.

너, 더럽다고.

걸레를 내려다보는 소녀의 시선이 불안하게 흔들렸다.

친구라고 생각했다. 자신과 멀리 떨어진 곳으로 자리를 옮긴 아이를.

이해해주리라 여겼다. 함께 수학여행 장기자랑을 준비했던 친구만큼은.

그런데 왜?

끔찍한 성폭행을 당한 건 소녀인데도 아이들의 비난은 소녀에게 쏟아졌다.

아이들뿐만이 아니라 선생들까지도 소녀가 '원인 제공자'라고 떠들었다. 결국 학교는 피해자인 소녀를 내몰았다. 가해자인 소년들에 겐 용서라는 관용을 베풀면서.

서울 중심부에 위치한 미술심리치료센터를 방문한 건 그로부터 일주일 후.

소녀의 엄마는 성폭력지원센터의 도움을 받아 소녀를 그곳에 데 려갔다.

집 밖으로 나가지 않겠다, 발버둥치던 소녀는 막상 센터에 도착 하자 얌전히 자리를 지켰다. 한순간에 돌변한 소녀의 모습을 본 엄 마는 조심스레 걱정했다. 극단적인 우울과 조증이 소녀를 잠식했다. 악을 지르고 목을 조르다가도 헤실헤실 웃었고, 남자들을 향한 비 난을 뱉다가도 금방 모두 자신의 잘못이라며 눈물을 흘렸다.

"정말 제가 그린 그림만 보면 다 알 수 있어요? 아빠 없고 이런 것도?"

상담실에 들어간 소녀는 그 나이대 학생들처럼 발랄했다. 소녀의 상담을 맡은 여자는 도화지를 꺼내 소녀에게로 내밀었다.

"네가 말하지 않으면 아무것도 알 수 없어. 네가 그림을 그리지 않으면 내가 널 도울 수 없는 것처럼 말이야."

"제가 뭘 그리면 되는데요?"

"지금 뭘 그리고 싶은데?"

하얀 도화지를 내려다본 소녀의 눈가가 떨렸다. 하얀색이 그날 내린 눈을 연상시켰다.

"그냥 다 칠하고 싶어요."

그래서 눈을 없애버리고 싶어요. 그날 일을 다 지워버리고 다시 학교에 가고 싶어요. 그럴 수 있을까요?

묻지 않은 질문이 도화지 위에 내렸다. 도화지 위로 내린 눈물이 곳곳을 적셨다.

"그래, 하고 싶은 대로 해."

소녀는 검정색 크레파스로 도화지를 칠했다. 그날의 일을 까맣게 잊어버리려는 사투였다.

여자는 짧은 단발머리를 귀 뒤로 넘겨주며 소녀의 정수리를 봤다. 은은한 클래식 선율이 상담실 안까지 밀려들었다.

8

정호가 오피스텔에 도착한 건 점심시간이 지난 오후 두 시.

서린과 희주 사이에 감도는 어색함을 알아채지 못한 정호는 소파에 앉아 앞으로의 일에 대해 생각했다.

진을 친 기자들이야 한 달만 지나면 모습을 감추겠지만, 동네에 사는 이들은 그렇지 않을 것이다. 그들은 사건이 어떻게 마무리되든 서린과 형의 존재를 불쾌하게 여길 게 분명했다. 오늘 아침만 해도 그랬다.

출근시간이 지났음에도 삼삼오오 모여 떠들던 사람들은 기자들이 물러간 틈을 타 대문 밖으로 나온 정호를 보곤 인상을 찡그렸다. 그들이 어떤 대화를 나눴는지는 듣지 않아도 충분히 알 수 있었다.

불과 2년 전, 그때도 같은 상황이었다. 기자들은 집 앞에 진을 쳤고, 주민들은 붉은 담을 향해 입을 모았다. 며칠 지나면 잠잠해지리란 기대와 다르게 주민들이 나누는 대화의 화제는 오랫동안 서린과 태현이었다.

지곡동을 벗어나는 게 최선의 방법일 수도 있다.

생각이 그쯤 미치자 형이 입원한 병원을 바꾸는 게 좋을지도 모르겠단 생각이 들었다. 지방에 있는 장기요양병원으로 형을 옮기고 근처에 집을 얻어 생활하는 게 여러모로 나아 보였다.

서린은 일말의 기대를 품고 있는 모양이었지만, 이 상황에서 희망이란 쓸모없는 미련이란 걸 정호는 알고 있었다.

"정호 씨?"

"어?"

희주가 정호를 불렀다. 생각에 빠져 있던 정호가 한 박자 늦게 반응했다.

"무슨 생각을 그렇게 해? 서린 씨가 물어보잖아."

"뭘?"

"병원에 같이 가도 되냐고."

그제야 정호는 서린에게로 고개를 돌렸다. 근심 어린 얼굴이 정호를 응시했다.

"여기 있는 게 낫지 않겠어?"

"같이 갈래. 태현 씨도…… 보고 싶고."

태현에 대해 말하던 서린이 슬쩍 희주의 눈치를 봤다. 아무렇지 않게 눈을 마주친 희주가 상냥하게 웃었다.

"……알았어. 대신 병실만 가는 거야. 형만 보고 바로 올 거고."

긍정의 의미로 고개를 끄덕이자 굳어 있던 정호의 표정이 풀렸다.

시간을 확인하고 나서 정호가 현관으로 가 신발을 신었다.

"희주 씨."

정호가 멀어진 걸 확인한 서린이 희주와 마주섰다.

말없이 서린을 보는 희주의 눈동자가 짙었다.

"내가 미운가요?"

당신이 밉냐고?

뜻밖의 질문에 희주는 오른쪽 입꼬리를 올렸다.

확실히 전엔 이서린을 죽이고 싶을 정도로 미워했었다.

뻔뻔한 얼굴로 이서린에게 구원받았다는 한태현의 태도에 속이 뒤집혀서, 희주는 처음 대면한 이서린의 뺨을 갈기고 싶었다.

당신이 뭔데 한태현을 용서해?

치밀어 오르는 질문을 삼킨 다음 물은 게 '한태현을 사랑하느냐' 는 질문이었다.

그때 이서린은 딱딱하게 굳은 표정으로 '그렇다'고 대답했다.

"전혀요. 서린 씨를 미워할 이유가 없는데요."

그 다음 날 이서린과 한태현은 추락사고로 식물인간이 됐다.

두 사람의 사고 소식을 들었을 때 느낀 감정은 시원함이 아니었다. 그때 느낀 건 허망함과 허탈함. 이제는 마음만 먹으면 한태현을 죽일 수 있었지만 그건 의미 없는 죽음이었다.

이서린에게서 구원받았다는 한태현을 죽여 봤자, 그는 홀가분함 만을 간직한 채 죽을 것이다.

자신이 고통스러웠던 것처럼 한태현도 고통스러워야 했다.

믿었던 이들에게 배신당한 것처럼 한태현도 배신당해야 했다.

"조심해서 다녀와요."

한태현을 무너뜨리고 절망에 빠트릴 수 있는 건 단 한 사람.

희주는 오랜 시간 이서린이 깨어나기를 기다려왔다.

이서린이 딱 한 마디만 해준다면 모든 걸 끝낼 수 있었다.

"기다리고 있을게요, 서린 씨."

한태현을 용서하지 않는다.

그 한 마디면 희주는 한태현을 죽일 수 있었다.

9

외치는 소리는 막 병원 로비를 지나는데 들려왔다.

로비에 있던 사람들이 놀라 좌우를 두리번거렸다.

고개가 자연스럽게 오른쪽으로 돌아갔다. 휴게의자에 앉아 있던 장발의 남자가 서린을 손가락질하며 소리 질렀다.

"선희! 배선희!"

정호가 멍하니 선 서린의 팔을 잡아끌었다.

근처에 서 있던 사설 경호원이 남자에게 다가가는 게 보였다.

"선희야!"

"선생님 여기서 이러시면 안 됩니다."

"배선희! 배선희!"

"선생님, 앉아주세요!"

두 사람의 실랑이가 이어졌다. 남자는 팔을 허우적대며 서린 쪽으로 오려 했고, 남자를 막아선 경호원은 무전기를 꺼내 사람을 불렀다.

정호는 그들을 무시한 채 엘리베이터 앞에 섰다.

"신경 쓰지 마."

정호가 신경 쓰지 말라 다독였지만 찝찝한 마음이 가시지 않았다. 남자의 눈빛이 따라붙는 것 같았다.

엘리베이터는 8층에서 멈춰 섰다. 병원 특유의 고요하고 습한 공기가 얼굴로 날아들었다.

앞서 걷는 정호를 따라 병원 데스크로 가자 간호사가 방문객 명부를 내밀었다.

정호는 차례대로 이름과 연락처, 환자와의 관계를 기입했다. 뒤이어 서린까지 명부를 적고 내려놓자 간호사가 보호자 명찰을 내밀었다.

둘은 목에 보호자 명찰을 걸고 801호실로 향했다. 낮임에도 새벽 같은 적막이 복도와 병실에 깔려 있었다.

미닫이로 된 문을 열자 가느다란 태현의 팔목이 제일 먼저 눈에 띄었다.

그다지 넓지 않은 병실에 누워 있는 태현의 모습이 꼭 무덤에 묻힌 시체 같았다.

먼저 다가선 건 정호였다.

보조의자를 빼 앉은 정호가 일정하게 들썩이는 태현의 가슴을 바라봤다.

서린은 정호의 뒤로 가 숨을 죽였다. 깨우면 안 될 사람을 대하듯 조심스러웠다.

"형, 나 왔어. 서린이도 왔고."

허심탄회한 이야기가 줄줄이 나왔다.

서린이 퇴원하고 많이 건강해졌다는 것, 벌써 4월 중순을 지나

날씨가 제법 더워졌다는 것, 곧 태현의 생일이 다가오고 있다는 것……

그러니 제발 일어나달라는 애원까지.

태현의 손목을 잡은 정호가 침대에 엎드렸다.

둥근 등이 바르르 떨려서, 서린은 정호가 울고 있음을 알았다. 정호의 진심을 의심했던 과거가 무겁고 빠르게 날아와 박혔다.

정호의 등에 손을 올린 서린이 고민하다 입을 뗐다.

"나가 있을 테니까 태현 씨랑 못 다한 말 다 하고 와."

정호가 붙잡았지만 완고하게 고개를 저었다.

태현에게 올 수 있는 날은 앞으로도 많았다. 지금이 아니더라도 언제든 태현을 찾아올 수 있었다. 무엇보다 자리를 피하고 싶었던 건……

'중요한 건 다 기억했네요. 그 세 문장만 이어도 무슨 상황인지 유추할 수 있지 않아요?'

오늘 아침 들은 희주의 말이 장송곡처럼 머리를 울린 탓이었다.

희주의 말대로 세 문장은 무엇이든 만들어냈다.

희주에게는 궁금하지 않다고 단언했지만 사실이 아니었다. 무슨 일이 있었는지, 왜 자신을 찾아왔던 건지 알고 싶었다. 정호와 만나는 이유가 자신과 태현을 만나기 위해서인지에 대해서도 묻고 싶었다.

그러지 않았던 건, 몸집을 숨기고 꿈틀대는 두려움 때문이었다.

퇴원하고 인터넷으로 사건을 검색했을 때 걸려 나온 수백 개의 글은 온통 태현을 비난하고 있었다. 비난의 중심에는 간혹 서린도 포함돼 있어서 가슴이 철렁 내려앉은 게 세 번이었다.

누구인지도 모르는 사람들이 태현을, 혹은 태현과 자신을 비난하고 힐난했다.

명분은 하나였다. 태현이 유력한 용의자였다는 점과 세 번째 피해자와 태현 사이에 관계가 있었다는 게 그들이 밝힌 이유였다.

블로그에 남아 있던 댓글도 이런 내용이 아니었을까?

그 생각이 미치자 쪽지를 보내 명예훼손 운운했던 과거의 자신이 이해됐다. 최소한의 방어였을 것이다. 태현의 아내로서, 가족으로서 할 수 있는.

지이잉.

핸드폰 진동이 길게 울렸다.

서린은 닫힌 미닫이문 안쪽의 눈치를 보다 비상계단으로 걸어갔다. 김작가였다.

"여보세요?"

"경찰에서 연락 받았어요, 서린 씨?"

대뜸 물어온 질문에 안 받았단 대답이 튀어나왔다. 김작가가 연신 어쩌지, 어쩌지, 하며 말을 얼버무렸다.

"무슨 일인데 그래요?"

이번 사건의 죽은 피해자와 태현이 연관되어 있다는 건 이미 들은 내용이었다. 그러나 태현은 지금 이 병원에 누워 있고, 그 사실을 증명해줄 수 있는 사람은 몇 백, 몇 천 명이나 된다. 김작가가 태현을 이유로 굳이 호들갑 떨 일은 없었다.

"그게, 한태현 씨 동생분 말인데요."

"정호요? 정호가 왜요?"

뜻밖의 이름에 손가락 끝이 차가워졌다.

"동생분이 이번 사건 피해자랑 아는 사이라고…… 그것 때문에 경찰에서 말이 많대요. 곧 연락이 갈 거예요. 참고인 조사라는 명목이기는 한데 경찰에선 의심하고 있는 눈치예요."

김작가는 이 정돈 알려줘야 할 것 같아 전화했다며 말을 마쳤다.

고맙단 인사를 남기고 전화를 끊자 귀가 멍멍했다. 허공에 오른 몸이 고도에 적응하지 못해 죽어가는 듯했다.

서린은 몸을 벽에 기대고 김작가가 해준 말을 되새겼다.

죽은 피해자는 태현과 더불어 정호와도 아는 사이…….

정호도 알고 있을까?

피해자가 두 사람 모두와 연관돼 있는 사람이란 걸?

발에 힘이 들어가지 않아 헛발질이 이어졌다.

계단에 앉아 문 너머에서 들려오는 소음에 집중하는데 벌컥 문이 열렸다. 고개를 숙이고 있던 중이라 맨 처음 보인 건, 흙이 묻은 운동화였다.

군데군데 흙이 묻어 있기는 하지만 그것만 빼면 깨끗한 하얀색 운동화다. 서린의 고개가 운동화 주인을 보기 위해 슬금슬금 위로 올랐다.

"어……!"

로비에서 소리 지르던 남자와 닮은 큰 눈에 서린이 담겨 있었다. 서린이 자기도 모르게 소리 내자, 남자가 친절하게 물어왔다.

"괜찮으세요?"

"아, 죄송해요."

서린을 뚫어져라 보던 남자가 주머니에서 손수건을 꺼냈다. 서린의 눈이 남자의 손으로 내려갔다.

"이거 떨어뜨리지 않으셨어요?"

무늬 없는 아이보리색 면 손수건.

손수건 가장자리에 노란색으로 'SL'이란 이니셜이 수놓아져 있었다.

서린은 얼결에 남자에게서 손수건을 받아들었다.

"이렇게 보니까 SL이 뭘 의미하는 건지 알겠네요."

"네?"

"주인을 못 찾을 줄 알았거든요."

어려 보이는 남자의 얼굴로 해맑은 웃음이 걸렸다.

때마침 진동이 울렸다. 어디 있냐는 정호의 메시지였다.

"예, 고맙습니다."

조금 전보다 나아진 몸을 이끌고 서린이 비상계단을 나왔다.

남자의 시선이 끈덕지게 달라붙었다.

병원을 나와 주차장을 걷는 동안 서린은 정호에게 아무것도 물을

수 없었다. 질문을 터뜨리면 감당할 수 없으리란 예감이 들어서였다.

"그건 뭐야?"

차에 탄 정호가 손수건을 흘긋거렸다.

"내가 흘렸대."

"손수건을?"

의외라는 듯 되묻는 어감이 높았다.

정호의 반응처럼 손수건은 서린에게도 의외의 물건이었다.

남자는 분명하게 서린이 떨어뜨렸다고 말했지만 서린은 손수건

을 가지고 온 적도, 떨어뜨린 적도 없었다.

남자의 착각으로 치부하기엔 손수건을 건네던 그의 표정이 밝았

다. 드디어 주인을 찾았다는 기쁨. 돌려줄 수 있게 됐다는 즐거움 같은 게 담긴 표정이었다.

"네 거 맞아?"

차가 병원 주차장을 벗어났다.

손수건을 뒤집은 서린이 노란 자수를 만지작댔다. 몇 해 전, 확신하기는 힘들지만 태현과 만나기 전에, 이런 손수건을 들고 다닌 적이 있기는 했다. 노란 자수의 'SL'이란 이니셜을 보니 언뜻 기억이 났다. 친했던 친구가 직접 수를 놓아 선물해준 손수건이었다.

벌써 5년도 훌쩍 지나 되돌아온 소지품에 질문이 생겼다.

남자는 어떻게 이걸 주웠을까?

이 손수건의 주인이 나라는 걸 어떻게 알았지?

이니셜이 없었다면 누구든 주인이라 우길 수 있을 흔한 손수건.

서린조차도 겨우 떠올린 기억이었다.

"응, 맞기는 한데……."

"무슨 문제 있어?"

명치를 짓누르는 김작가의 말 때문에 생각이 길게 이어지지 않았다.

서로 아는 사이.

이 말 자체는 문제가 되지 않지만, 상대가 살해당한 피해자라면 문제가 생긴다. 태현과 정호, 4차 사건의 피해자. 무슨 연관성인지는 몰라도 좋은 징조는 아니었다.

"정호야."

신호를 받은 차가 멈췄다. 공기가 답답했다.

"……얼른 가자. 희주 씨 기다리겠다."

심심한 소리를 한다며 서린을 나무란 정호가 액셀러레이터를 밟왔다. 창밖으로 높은 빌딩 숲이 빠르게 멀어졌다.

정호의 차 뒤로 검은색 차가 따라붙었다.

하늘이 어두워지고 있었다.

10

소녀의 심리 상태는 일주일에 한 번, 세 시간 가량의 상담을 통해 차츰 나아졌다.

우선 소녀는 강박적인 세수하기를 그만두었고, 발소리를 들어도 비명을 지르지 않았으며, 치료 마지막 즈음에는 성폭행의 원인이 자신이 아님을 인지했다.

여자는 스스로를 사랑할 수 있게 된 소녀를 응원했고, 소녀는 자신과 4개월을 보낸 여자에게 고맙단 편지를 남겼다.

"고마워요, 쌤."

밝게 웃는 얼굴에서 반짝반짝 빛이 났다.

여자는 소녀가 그려준 자신의 그림을 보며 미소 지었다.

"나도 고마워. 이렇게 멋진 그림도 선물해주고."

"뭘요. 이 정도 가지고."

"그림을 그려보는 것도 좋을 것 같아. 그림 실력이 상당한데?"

여자의 농담 섞인 말에 소녀가 꺄르르 소리 내 웃었다.

"미술심리치료사가 되려면 그림 잘 그려야 돼요?"

"왜? 심리치료사가 되고 싶어?"

"쌤처럼 되고 싶어요."

소녀의 볼이 붉어졌다. 그 싱그러운 생기가 여자의 걱정을 덜어냈다.

"이 정도만 그려도 돼. 엄청 잘 그리는데 뭘."

여자의 칭찬이 끊임없이 소녀를 간질였다. 소녀는 볼을 붉적이다 준비해온 편지를 여자의 책상에 올려두었다.

"저 가면 나중에 읽으셔야 돼요. 알았죠?"

부끄러운 듯 상담실을 나서는 소녀의 모습 위로 여자의 낮은 웃음이 흩어졌다. 여자는 센터를 나서는 모녀를 향해 손을 흔들었다.

다시는 이곳에 오지 않기를.

모든 걸 이겨내고 살아갈 수 있기를.

잊지는 못해도, 자신을 잃지는 말기를.

앞으로는 생존자가 되어 살아갈 소녀를 위해 여자가 조용히 읊조렸다. 오래전 여자가 소녀 나이일 무렵 매일 다짐한 글귀였다.

'희주 쌤에게'

여자는 상담실로 돌아와 소녀가 써준 편지를 읽었다.

소녀가 아파트 옥상에 올라 몸을 던진 건, 그로부터 한 달 후의 일이었다.

11

희주는 15층 아래를 내려다봤다.

손가락 한 마디 크기의 차들이 크리스마스트리를 꾸민 전구처럼 색색의 빛을 냈다.

떨어지기 직전 소녀는 무슨 생각을 했을까?

CCTV에 찍힌 마지막 모습은 오후 두 시.

소녀가 15층 아래로 몸을 던진 건 오후 여섯 시 이십오 분이었다.

네 시간이 넘는 시간. 소녀에게는 길고도 짧았을 고민의 시간이 겨우 3초로 끝을 맺었다. 돌이킬 수도 없었고, 돌아갈 수도 없었다.

엄마랑 고민해봤는데 학교는 검정고시로 대체할 거예요.

쌤 말처럼 이건 걔네가 부끄러울 일이지 제가 숨어야 하는 일은 아니잖아요.

그러니까 앞으로 열심히 살려구요.

끄트머리가 닳은 편지 속 소녀의 동그란 글씨가 발랄했다. 이제는 외울 수도 있는 편지였지만 희주는 처음 읽는 사람처럼 글씨 한 자 한 자를 꼼꼼하게 읽어 내렸다.

엄마는 너무 서두르지 말자고 하는데 전 뭐든 빨리 시작하고 싶어요.

국어는 원래 잘했으니까 상관없는데 영어는 많이 부족하거든요.

심리치료사가 되려면 공부도 잘해야 하는 거 맞죠?

엄마한테 졸라서 영어과외도 시켜달라고 했어요.

이제 수학만 노력하면 돼요ㅋㅋ

센터에서의 치료가 끝나고 일주일간 소녀는 매일 희주에게 메일을 보냈다.

뭘 먹었다, 무슨 음악을 들었다, 날이 좋아서 산책을 했다, 같은 사소한 내용이었다.

편지니까 말하는 건데... 쌤은 꼭 '나'처럼 느껴져요.

어떻게 제 생각도 알고, 불안도 알고, 감정도 알아요?

완전 신기해서 엄마한테도 말했는데, 엄마는 원래 상담사 쌤들은 다 그렇대요.

그래도 쌤은 좀 신기해요. 꼭 거울을 보는 것처럼 절 다 알고 있잖아요.

당연하지.

희주는 처음 소녀를 대면한 날을 회상했다.

열다섯 살. 교복이 어울리는 아이는 상담실 의자에 앉아 다리를 떨었다.

구겨 신은 스니커즈가 리듬을 가지고 바닥과 마찰했다. 두려울 게 없다는 불량한 태도 뒤로 불안과 자기혐오가 그림자를 숨겼다. 그 모습이 십여 년 전 자신과 닮아서, 희주는 절박한 심정으로 소녀를 상담했다.

네가 나아지는 걸 볼 때면 내가 나아지는 것 같았어.

소녀와의 마지막 상담 날, 이제는 모든 걸 잊고 살아갈 수 있으리라 믿었다.

지긋지긋하게 구속해온 과거를 멀리 떨쳐두고 희주 역시 미래로 나아갈 수 있다고 낙관했다.

상담하면서 나아진 건 소녀뿐만이 아니었다. 같은 상처를 지닌 희주 또한 나아지고 있었다.

쌤! 자주 연락할게요.

그동안 감사했어요!

소녀의 부고를 들은 건 센터 직원들과 단체 사진을 찍던 날.

매년 촬영을 거절하던 희주가 스스로 나서서 찍겠다고 했을 때 직원들 모두가 크게 놀랐다. 희주는 카메라 렌즈 앞에 서서 어색하게 입술을 움직였다.

할 수 있어. 그 애도 해냈잖아.

자연히 시작되려는 통증을 무시하며 촬영을 끝냈을 때, 소녀의 번호로 메시지가 도착했다. 소녀의 엄마가 보낸 메시지였다.

그 뒤의 기억은 흐릿하다. 기절을 한 것도 같았고, 그대로 센터를 뛰쳐나가 택시를 잡은 것도 같았다. 장례를 참석한 것도 같았고, 침대에 누워 내내 꿈을 꾼 것도 같았다.

극한의 상실은 어느 것도 분명하게 받아들이지 못했다. 정신을 차린 건 집으로 찾아온 소녀의 엄마를 마주했을 때였다.

"그간 감사했습니다, 선생님."

하얀 리본을 꽂은 머리카락이 푸석푸석했다.

소녀의 엄마는 허리를 숙여 인사를 하고 자리를 떠났다.

그 뒷모습이 소녀가 떠나는 것만 같아서 희주는 맨발로 달려 나가 팔을 잡았다.

가지 말란 중얼거림이 늘어난 테이프처럼 반복됐다.

"안 돼…… 안 돼…….."

"선생님이 이러시면 우리 딸도 힘들 거예요. 그러니 버티셔야 해요."

버티라고? 지금껏 버텨온 모든 것들이 형체도 알아볼 수 없을 정도로 무너졌는데. 어떻게 버틸 수 있지?

소녀의 엄마는 어린아이의 막무가내를 달래듯 희주를 달랬다. 비쩍 마른 몸이 짐승처럼 포효했다.

"왜, 그 높은 곳에서 왜 그런 거예요? 나아지고 있었잖아요!"

"······영상이 돌아다녔어요. 그걸 봤나 봐요. 옥상에 딸아이 핸드폰이 있었는데, 계속 반복재생되고 있었대요."

기능을 멈춰버린 뇌가 문장을 받아들였음에도 무슨 의미인지 파악하지 못했다.

직접 집 안까지 희주를 데려다준 소녀의 엄마가 문을 닫고 집을 나갔다.

지울 수 없는 먹물을 뒤집어쓴 것만 같았다. 문장이 나뉘고 단어 하나하나의 의미들이 분석돼 뇌로 입력됐다.

아이는, 자신을 보는 것만 같던 소녀는 미래로 나아가려 했지만 나아갈 수 없음을 안 것이다. 오랜 옛날 희주가 겪었던 것처럼, 박제된 삶을 버틸 수 없어 높은 곳에 올라 스스로에게 끝을 내어준 것이다.

다른 점이라면 희주는 이름을 바꾸고, 몇 번의 성형을 통해 과거의 자신을 지워버렸다. 아무도 그날, 그 사건 속 자신을 알아보지 못하도록 스스로를 감추고 숨겨버렸다.

······그런다고 영원히 숨을 수 있는 게 아니란 걸 영특한 소녀는 알고 있었다.

난간에 올라 몸을 던지며, 그것만이 자신을 지우는 과정이라 생각했겠지.

쌤! 자주 연락할게요.

그동안 감사했어요!

편지에 적힌 마지막 말을 문질렀다.

'앞으로'를 계획하며 설렜을 모습이 눈에 번졌다.

　센터 복귀 뒤, 소녀와 동갑인 소년 세 명이 상담을 신청해왔다.

　소년들은 각각 우울증, 조증, 무기력증을 호소하며 자신이 얼마나 힘겨운지를 증명하려 했다. 증상의 원인에 대해 묻는 질문엔 대답을 꺼려했지만 검사 결과 크게 도드라지는 부분은 없었다.

　"야, 근데 이걸로 등교 금지 처분을 만회할 수 있어?"

　"된다니까. 우리 엄마가 변호사랑 다 얘기해봤대."

　"아, 진짜. 죽으려면 조용히 죽지, 걔 때문에 이게 뭐야."

　센터 건물 옆 골목에서 나누는 소년들의 대화가 퇴근하려던 희주의 귀로 흘러들었다.

　소년들이 소녀의 이름을 부르며 희롱했다. 대화 어디에도 죄책감이나 슬픔, 우울 따위는 없었다.

　소년들에게 소녀는 그저 두고두고 간직하다 꺼내볼 이야깃거리 정도였다.

　우산을 쥔 희주가 반대편으로 걸음을 옮겼다. 입안이 홧홧했다. 안쪽 살에서 흐른 피가 혀에 닿아 침과 섞여 식도를 타고 내려갔다.

　톡.

　검은 피 한 방울이 심장 한가운데로 떨어졌다.

　헤아릴 수 없는 검고 짙은 감정이 파장을 일으키며 희주를 잠식했다.

　아직 끝나지 않았는데도 다시 시작할 수 있을 거라고 착각했어. 오만이고 자만이지.

부슬부슬 내리던 비가 거세졌다. 끝을 내리면 반드시 마주서야 할 사람이 있었다.

"심부름센터죠? 거기 사람도 찾아주나요?"

한태현을 찾아 지곡동으로 가기까지는 오랜 시간이 걸리지 않았다.

12

이서린이 한태현의 수집품 1호였을 줄이야.

비상계단에 앉아 놀란 눈을 한 여자의 얼굴을 보는 순간 뒷목에 소름이 돋았다.

볼품없이 마른 여자가 이서린이란 걸 알기까지는 몇 초면 충분했다.

한태현의 상태가 궁금해 찾아간 병원에서 이서린과 만나리란 기대는 하지 않았다. 좋아하는 단어는 아니지만, 우연과 운명이란 말이 이 순간만큼은 딱 들어맞았다.

번거롭게 찾아낼 필요 없이 이서린과 조우했다.

"단발머리가 아니네?"

단발머리라고 들었던 것과 달리 건물 안으로 들어가는 이서린의 머리카락은 허리까지 내려왔다. 머리카락으로 목을 조를 수 있을 정도로 길었다.

저 긴 머리를 단발머리로 착각했을 리는 없는데.

엘리베이터로 들어가려던 이서린이 한 걸음 물러섰다.

주차를 마친 한정호가 엘리베이터에서 나오는 여자에게 손을 흔들었다.

짧은 단발머리.

함께 선 이서린과 비슷한 키였다. 진회색의 가디건을 입은 이서린과 달리 여자는 연 노란색의 셔츠를 입고 있었다. 한정호를 반갑게 맞이하는 모습이 꽤 익숙해 보였다.

"배선희……."

창문에 입김을 불어 낙서를 하던 준성이 속삭였다. 멍한 눈이 세 사람을 향해 있었다. 짜증스레 미간을 좁힌 윤성이 욕을 뱉었다.

"아, 글쎄 저건 이서린이라니까. 네 눈엔 저게 배선희로 보여?"

조목조목 뜯어보면 이서린과 배선희는 이목구비가 비슷했다.

둘 다 눈꼬리가 처졌고 입술이 작았으며, 콧대는 아래로 갈수록 높아졌다. 그러나 이목구비만 비슷할 뿐, 닮았단 느낌이 들지 않는 이유는 둘의 분위기가 달라서였다.

배선희는 잘 웃었고, 입가엔 늘 진하지 않은 미소가 걸려 있었다. 누구든 쉽게 호감을 가질 친절한 인상이었다. 반면 이서린 쪽은 어딘가 굳은 표정에 누구도 쉽게 다가서지 못할 차가움이 존재했다.

쉽게 곁을 내어주지 않을 깐깐함이 상대를 보는 표정에서 드러났다.

"왜 이리로 와?"

한정호와 이서린, 이름 모를 여자가 윤성의 차 앞을 지나갔다.

몸을 숙인 덕분에 들키지는 않았지만 숨는다는 기분이 더러웠다. 세 사람은 윤성과 멀지 않은 곳에 세워진 하얀색 SUV에 올랐다. 여자가 운전대를 잡았고, 남자가 보조석에, 이서린이 뒷자리에 탔다.

주차장을 빠져나가려는지 출구 쪽으로 차가 움직였다. 윤성은 시동을 켜고 천천히 주차장을 나왔다.

도로에 차가 적어서 쉽게 세 사람이 탄 차를 찾을 수 있었다.

차 하나를 사이에 두고 윤성이 SUV를 따라 달렸다. 서울 중심부에서 멀어진 차가 외곽으로 빠지고 있었다.

지곡동.

표지판의 화살표는 지곡동과 가까워지고 있음을 알렸다.

사이를 막고 있던 차가 중간에서 빠지자 윤성은 속도를 높여 SUV 뒤에 붙었다. 이 정도 지나왔으면 뒤에 붙는다고 해서 의심하지는 않을 것이다. 연식이 10년쯤 된 검은색 국산 자동차를 눈여겨보지는 않았으리란 확신이 들었다.

다리를 건넌 SUV가 좌회전 깜빡이를 켰다. 여기서 좌회전을 하면 곧장 주택가다.

윤성은 일부러 SUV를 지나쳐 직진했다. 차가 어디로 가는지 예상이 됐다.

"잘 봐둬. 한 명도 놓치지 않고 기억해야 돼."

예상대로 차는 주택가 골목에 서 있었다.

차에서 내린 세 사람이 주변을 살피며 주택가 속으로 걸어갔다.

고민 끝에 액셀러레이터를 밟은 윤성이 세 사람을 지나쳐 주택가 안까지 빠르게 달렸다. 세 사람은 의심 없이 비켜섰다.

붉은 담과 멀지 않은 곳에 차를 세우고 숨을 죽였다.

시동을 끄자 주택가 전체가 조용해졌다. 기침을 하거나 소리라도 지르면 이곳에 사는 모두가 들을 수 있을 만큼의 정적이었다.

세 사람의 모습은 5분쯤 지나 가까워졌다. 대문 앞에 선 남자가 익숙하게 문을 열고 안으로 들어섰다. 그 뒤를 이서린과 여자가 따랐다.

"애인? 친구는 아닌 것 같은데."

여자에 대한 궁금증이 풍선처럼 부풀었다. 이서린은 여자를 어려워했지만, 남자는 여자와 가까워 보였다.

가능성은 하나다. 남자의 애인.

"얼굴 봤어?"

"응."

"세 명 다?"

"응."

"묘사해봐."

"뭘?"

"내가 기억하라고 했잖아. 남자는 어떻게 생겼지?"

준성의 입술이 벌어졌다.

"……하얘. 키가 크고, 덩치가 작아."

"머리가 긴 여자는?"

"엄청 마르고…… 눈이 커."

"좋아. 그럼 단발머리는?"

"선희?"

"또 선희 타령이야?"'"

"선희야. 진짜 선희 맞아. 배선희!"

"강미라 타령이 멈추더니 이젠 배선희구만. 쓸 데 없는 새끼……. 나오지 말고 여기 앉아서 창문에 그림이나 그려. 알겠어?"

차에서 내린 윤성이 트렁크에서 앨범을 꺼냈다.

한 손으로 잡기 어려운 두께의 앨범을 차 위에 올려두고 핸드폰을 불빛 삼아 하나씩 넘겼다. 진지하게 들여다보는 윤성의 눈이 반짝였다. 이번 토끼몰이는 더 공을 들여야 했다.

194

"아, 좋다. 이걸로 해야지."

성큼성큼 대문으로 간 윤성이 인터폰 카메라에 사진을 붙였다. 공예소에서 찾은 한태현의 사진이었다.

사진 속 붉고 긴 가발이 한눈에 띌 정도로 화려했다.

사진이 떨어지지 않게 고정해두고 벨을 누른 뒤에 차로 돌아왔다.

선물이야. 뭐든지 첫 번째는 의미가 있는 법이거든.

차에 타 지켜보자 한정호의 모습이 대문 사이로 나타났다.

한정호는 사진을 떼어내곤 대문 밖으로 나와 이리저리 고개를 돌렸다.

그래, 놀랐겠지. 이 사진을 다시 볼 거라고 생각이나 했겠어?

윤성은 당황하는 남자의 모습을 핸드폰으로 찍었다.

계획은 변경됐다.

표적은 둘.

남자는 귀찮고 마음에 들지 않는 놈이다. 살려둬 봐야 전처럼 짜증나는 짓이나 할 게 자명했다.

이번 토끼몰이는 하나가 아니라 둘을 상대해야 한다.

"잊지 마. 저게 한정호야."

준성에게 단단히 일러둔 윤성이 시트 깊숙이 몸을 숨겼다.

토끼몰이를 위한 준비가 끝나가고 있었다.

13

바깥에 나갔다 온 정호의 표정에 불안한 기색이 비쳤다. 필요한 짐을 챙기던 서린이 정호에게 다가갔다.

"무슨 일이야?"

"아무 일도 아니야."

눈도 마주치지 않고 정호가 서린을 지나쳐 서재로 향했다.

서린은 희주가 들어간 화장실을 보다 서재 문을 열었다. 열려 있어야 할 문이 잠겨 있었다.

"정호야?"

안에서 아무런 응답이 없었다.

크지 않은 소리로 한 번 더 정호를 부른 서린이 문을 두드렸다.

"문 좀 열어봐."

"잠시만 혼자 있을게."

포기하지 않고 문을 두드리자 서재 문이 찰칵 열렸다.

"잠깐이면 된다니까."

"기자들이 찾아온 거야?"

"짐은? 챙길 건 다 챙겼어?"

정호가 말을 돌렸다. 서린은 문을 비집고 안으로 들어갔다. 불을 켜지 않은 서재가 어두웠다. 스탠드조차 켜지 않아서 더 그랬다.

"불도 안 켜고 여기서 뭐하는데?"

"아무것도. 지금 나가려고 했어."

"밖에 누구였어?"

"아무도 없었어. 누가 장난쳤나 봐."

정호는 서린의 등을 밀었다. 여기서 나가라는 압박이었다.

버티고 서 있던 서린이 서재 불을 켰다.

정호의 발밑에 직사각형 모양의 사진이 떨어져 있었다. 서린의 시선이 정호의 발로 내려갔다.

"밖에서 희주랑 기다려. 금방 나갈 테니까."

"저게 뭐야?"

두 사람의 시선이 한 곳으로 모였다.

발로 사진을 밟고 있던 정호가 서린의 등을 세게 밀었다.

"네가 신경 쓸 거 아니야."

정호의 손을 피해 몸을 틀었다. 서린은 허리를 숙여 사진을 주웠다.

"……이걸 왜 네가 가지고 있어?"

본 적 있는 사진이었다. 공예소를 배경으로 여자의 뒷모습이 찍힌 사진.

김작가가 제보 받은 증거 사진이라며 보여줬던 기억이 있었다.

서린의 반응에 놀란 건 정호였다. 이걸 알고 있었냐고 묻는 얼굴이 절망으로 가득했다.

이 사진이 태현을 사지로 몰아넣을 만큼의 증거인가?

사진을 보여준 김작가의 설명은 그렇지 않았는데.

자신이 모르는 뭔가 있는 건가 싶어 서린이 사진을 들고 빛이 있는 곳으로 갔다.

거실 빛이 사진 위로 쏟아졌다.

"이거……."

김작가가 보여준 사진과 배경은 같았다. 통나무집이 있었고, 마당 한쪽 구석에 도끼도 있었다. 그 주변을 감싼 울창한 나무들도 같았지만.

"이게 대체 뭐야?"

붉고 긴 머리카락.

가발인지 광택이 심하다.

몸에 맞지 않는 하얀색 블라우스와 스커트는 터질 것처럼 팽팽하고, 거구의 몸을 지탱하는 구두는 부러질 것처럼 위태롭다.

일부러 우스꽝스러운 복장을 갖춘 듯 모든 게 조화롭지 못했다. 계속 보니 우습기는커녕 불쾌하고 역겹게 느껴졌다.

"왜 태현 씨가 이러고 있어?"

참을 수 없는 건, 그 꼴을 하고 황홀하게 웃는 태현의 표정이었다.

"줘."

사진을 달라는 정호의 목소리 끝이 떨렸다. 내민 손바닥에 땀이 흥건했다.

"묻잖아. 이게 무슨 사진이야?"

"그건 그냥…… 합성이야. 누가 장난친 거야."

"밖에 이게 있었던 거야?"

"목소리 낮춰. 희주가 들을지도 몰라."

"누구야, 이걸 준 게? 누가 이런 걸?"

밖에서 희주가 정호를 찾았다.

정호가 재빨리 문을 닫아 걸었다.

"나중에 설명해줄게. 일단 지금은 그냥 나가자."

희주가 문을 두드렸다. 금방 나가, 하고 말한 뒤 정호가 손바닥을 내밀었다.

"소문……."

공예소 철거를 가지고 정호와 다툰 밤이 기억났다. 태현에 대한 소문이 좋지 않아서 어쩔 수 없었다는 말. 그날 정호는 그걸 변명삼아 떠들었다.

"태현 씨에 대해 좋지 않은 소문이 있었다는 거."

"아니야."

"그게 이거야?"

"아니야, 서린아."

정호는 서린에게 아무런 설명도, 이해를 시키지도 못했다.

손을 거둔 정호가 머리를 쓸어 넘기며 화를 삭였다.

서린은 사진을 내려다보며 상황을 이해하려 애썼다.

카페에서 본 사진 속에도 분명 '여자'가 있었다. 당연하게도 여자일 거라고 생각했다. 상반신만 나오기는 했지만 검고 긴 머리카락이 성별을 짐작하게 했다.

사진 속에 있던 '여자'가 실은 여자가 아니었던 걸까?

상황이 정리되자 뱃속 깊은 곳에서 형용할 수 없는 무언가 올라왔다. 서린의 귀가 하얗게 질렸다.

"너도 알고 있었어?"

아무런 대답이 없었다. 정호는 등을 돌리고 허리를 굽혔다. 물에 빠지기 직전 수영선수의 준비 자세처럼 몸이 기울었다.

"언제부터?"

"조용히 말해."

"대답해. 언제부터였어?"

"밖에 희주 있어. 이걸 자랑하고 싶은 게 아니면, 목소리 낮춰."

"넌 다 알고 있었구나."

책망 어린 말에 정호가 발끈했다.

"그럼 이걸 어떻게 말해? 형이 여장한다고, 그래서 미쳐버리겠다고 설명해?"

"언제부터였는데? 결혼하기 전부터? 아니면 그보다 훨씬 전부터?"

"처음 안 건 결혼식 이후야."

결혼식이 2014년 5월이었으니 최소 3년간은 이 짓이 이어졌다는 뜻이었다.

절로 무릎이 굽혀졌다. 숨이 계단을 오르는 것처럼 격하게 쉬어졌다. 바닥으로 떨어진 사진을 주울 생각은 들지 않았다. 기만당했단 생각을 지울 수가 없었다. 손바닥만 한 바퀴벌레가 앞에 있다고 해도 이 정도로 역겹지는 않을 것이다.

어떤 말도 믿을 수가 없어서 서린은 계속해 비슷한 질문을 반복했다.

정말 결혼식 이후야? 그 전이 아니고? 다 알면서 내가 결혼하는 걸 보고만 있던 건 아니야? 처음부터 나를 속이려 했던 건 아니야? 나랑 친해진 게, 같은 동아리를 든 게 정말 우연이었어? 내가 태현과 만나고 있다는 걸 정말 몰랐던 게 맞아?

끝에 가서는 질문이 울음으로 변했다.

친구이고, 가족이라 믿었던 존재였다. 태현의 동생이지만 서린의 친구였고, 태현의 가족인 동시에 서린의 가족이었다.

"너한테 난 뭐였어? 정말 친구고 가족이었니?"

정호와의 거리가 아득히 멀어졌다.

아무런 답도 않는 정호를 향해 서린이 물었다.

"이번에 지곡동에서 죽은 피해자가 태현 씨랑 아는 사이였대."

비상계단에서 들은 김작가의 말이 메아리쳤다.

"너도 아는 사이라고 하더라. 그건 맞아?"

사진을 주운 정호가 긍정의 의미로 고개를 끄덕였다.

서린이 바닥을 짚고 일어섰다.

"어떤 사인데?"

"얼굴만 아는 사이."

"얼굴만 어떻게 아는데?"

"공예소에서 몇 번 본 게 다야."

"그게 다야?"

"그거 말고 뭐가 있겠어."

"너랑 태현 씨가 공통적으로 아는 사람이 죽었어. 태현 씨는 이미 살인사건의 용의자고, 지금 밖에선 공범이니 뭐니 떠들어. 상황이 어떻게 보일지 몰라?"

서린의 목소리가 커졌다. 서린에게로 다가선 정호가 바깥 눈치를 보며 대답했다.

"누가 죽였는지는 몰라도 난 아니야. 당연히 형도 아니고."

"내가 어떻게 믿어?"

"그냥 믿어, 제발!"

정호가 소리를 질렀다. 바깥에선 아무런 소음도 들리지 않았다.

"아무 일도 없을 거야."

서린의 어깨를 붙잡은 정호가 또박또박 말에 힘을 줬다.

"죽어 마땅한 애가 죽었다고 생각하면 돼. 그냥 그렇게만 생각해."

"죽어 마땅하다니?"

어깨가 아파왔다. 맥박이 불안정하게 뛰었다.

"누가 죽어 마땅하단 거야?"

"형이랑 아는 사이라던 그 애들. 그 애들이 이런 사진을 찍은 거야. 이런 사진을 찍어서 형을 협박했어."

서린의 눈앞에 사진을 들이민 정호가 씩씩거렸다.

"친한 척 굴면서 뒤로는 이런 사진을 가지고 형을 피 말리게 했다고. 형이 그 애들한테 얼마나 당한 줄 알아? 어디에 말도 못하고 힘들어했어. 너한테 들킬까 봐 전전긍긍하면서 혼자 고민하고 괴로워했다고."

분이 풀리지 않는지 정호의 가슴이 계속해서 들썩였다. 서린의 눈이 방향을 잃고 허공을 돌아다녔다.

"친구라는 계집애들 둘이서 지들 딴엔 관용을 베푼답시고 매일 조금씩 돈을 뜯어냈어. 죽어 마땅한 애들이야. 그대로 가만히 당했으면 더한 짓도 했을 거고."

어감이 이상했다. 정호가 하는 말이 완벽하게 받아들여지지 않았다.

"어쨌든 이번 사건의 갠 안 죽었어. 안소리라는 애가 죽은 뒤로 잠잠해서, 나설 필요도 없었어."

입을 다문 정호가 숨을 길게 내쉬었다.

서재 안이 백색의 공간으로 변한 것처럼 괴괴했다.

정호의 말을 이해하기 위해선 하나의 가설이 필요했다. 이래선 안 된다는 생각이 비상등을 켰지만, 서린은 눈을 끔뻑이다 작은 소리로 물었다.

"너야?"

정호의 숨이 멎었다. 서린이 다시 물었다.

"네가 죽였어?"

"……아니야."

서린은 태현만큼이나 정호에 대해 잘 알고 있었다. 정호가 거짓말을 잘 못 한다는 것도, 거짓말을 할 때면 목이 빨개진다는 것도,

그리고 지금처럼 부자연스레 시선을 피한다는 것도 알았다.

"왜? 네가 왜?"

공예소를 팔아버린 건 태현에 대한 소문 때문이 아니었다. 그건 정호 스스로가 과거로부터 도망치기 위한 선택이었다.

속이 텅 빈 것처럼 허했다. 연신 아니라고 부정하던 정호가 서린과 눈을 마주하곤 소리쳤다.

"그 애들이 다 망칠 거였어. 너랑 형, 우리 모두!"

정호가 쏟아낸 비난이 바닥을 뒹굴었다. 손가락 끝이 바늘에 찔린 것처럼 따끔해서 서린은 허망하게 입을 열었다.

"네가 죽였어. 네가 죽인 거야."

예상과 다른 진실에 정신을 차릴 수가 없었다. 지탱하고 있던 축이 부러진 것처럼 몸이 밑으로 무너져 내리는 기분이었다.

"넌 이해해야 돼."

충혈된 눈동자에 서린의 모습이 담겼다. 말라비틀어진 여자가 고개를 저었다.

"이해할 수 없어."

"넌 이해해야지. 형이 얼마나 힘들어했는데."

"협박한 행동을 비난할 수는 있어도 그걸 이유로 살인을 정당화할 수는 없어."

"너였어도 그랬을 거야."

정호의 발음이 뭉개졌다. 낯선 모습이었다.

"제발 그만하란 형의 부탁도 무시했어. 형이 없는 공예소를 돌아다니면서 사진이나 찍었어. 공예소에 있던 가발, 옷, 구두. 그걸 보고 즐겁다는 듯이 웃었어."

그래서 참을 수가 없었어.

작아진 목소리가 거의 들리지 않았다. 서린은 정호에게로 다가가지 않았다.

"그 모습을 보다…… 나도 모르게 망치로 뒤통수를 때렸는데……."

자신의 두 손을 내려 보던 정호가 손을 떨었다.

"형이 들어왔어."

뒤통수를 맞아 쓰러진 애의 등을 밟고 망치를 내려친다.

반동으로 머리가 공처럼 튕겼다 떨어지기를 반복하면서 이마에 멍이 생긴다.

가늘게 내쉬는 숨소리가 들리면 최후의 방법으로 기도를 막아 질식시킨다.

숨이 꺼져가는 걸 알면서도 손에 준 힘을 풀지 않는다.

"딱 한 번이었어. 다른 사건은 몰라."

변명과 설득, 애원이 꼬리를 물었다.

이해해야 해. 너였어도 그랬을 거야, 가족이잖아. 가족은 서로를 돕고 감싸줘야 하잖아. 형이 힘들어했어, 너 때문에 참았던 거야. 제발 나를 이해해줘…….

딩동.

초인종이 울렸다. 누구냐고 묻는 희주의 목소리가 잔잔했다.

서린은 정호를 남겨두고 서재를 나왔다.

인터폰 수화기를 들고 희주가 동그랗게 입을 벌렸다.

"경찰이래요."

"제가 나가볼게요."

현관으로 가 신을 신은 서린이 희주에게 부탁했다.

"서재에는 들어가지 말아줘요. 제가 올 때까지만."

문을 열자 더운 바람이 불었다. 마당을 지나 대문을 열자 병원을 찾아왔던 형사가 서 있었다.

신분증을 제시한 지성이 정호에 대해 물어왔다.

"한정호 씨 집에 계신가요?"

"무슨 일로 그러시죠?"

"몇 가지 물을 게 있어서요. 전화도 안 받고, 아침에 왔었는데 집에도 안 계시더라고요."

지성은 대문 안쪽을 훑었다. 넓지 않은 마당을 지나 불이 켜진 커다란 창에 누군가의 실루엣이 보였다. 작은 몸집이 한정호는 아니었다.

"집에 없는 거면, 언제쯤 만나볼 수 있을까요?"

"잘 모르겠어요. 연락 받은 게 없어서."

서린은 시선을 내려 지성의 운동화를 보았다. 운동화 앞코가 닳아 있었다.

"급한 일이라 빠른 시일 내로 만나고 싶은데. 다른 연락처는 없습니까? 회사라든지, 애인이라든지."

"그런 것까진 일일이 알지 못해서요. 오면 연락하라고 전할게요."

대문을 닫으려는 움직임에 지성이 손잡이를 잡았다. 창에 서 있던 실루엣은 사라지고 없었다.

"뭐하시는 거예요?"

"제 연락처 아십니까?"

수첩에서 명함을 꺼내자 서린이 먹이를 낚아채듯 빼앗아들었다.

"거기 있는 번호로 연락하시면 돼요. 시간은 상관없으니까 언제든 연락 부탁한다고 전해주세요."

손잡이를 놓자 대문이 닫혔다. 차로 돌아가는 길에 몇 번 뒤를 돌아봤지만 대문은 굳건히 닫혀 있었다.

14

오피스텔로 돌아가는 차에는 서린과 희주뿐이었다.

정호는 집에서 쉬겠단 말만 하고 다시 서재 문을 잠갔다.

희주는 무슨 일인지 묻지 않고 묵묵히 운전대를 잡았다. 미처 챙기지 못한 짐을 실은 차가 서울 중심부로 진입했다.

퇴근 시간이 지났음에도 도로는 차들로 꽉 막혀 있었다.

"내가 들어야 할 게 시간이 많이 지난 이야기인가요?"

차들은 움직였다 섰다를 반복했다.

버릇처럼 검지로 핸들을 두드리던 희주가 정면을 본 상태로 대답했다.

"좀 됐죠. 내가 열다섯 살 때였으니까, 벌써 13년 전 일이네요."

희주는 소소한 취미에 대해 말하듯 감흥 없는 목소리로 덧붙였다.

"아직도 이렇게 생생한데, 벌써 13년이라니. 시간이 약이란 말은 분명 낭만주의자가 지껄인 말일 거예요. 그게 아니면 나 같은 사람은 만나보지 못한 사람이 한 말이거나."

지루하게 줄 선 차들은 나아갈 기미가 없었다.

희주가 룸미러로 서린을 보았다.

"신뢰할 수 없다더니. 이제 궁금해요?"

사이드미러에 시선을 고정하고 있던 서린이 무미건조하게 입술을 움직였다.

"서재에서 나눈 대화…… 들었죠?"

"조금요. 정확한 건 몰라도 두 사람 사이가 멀어졌다는 걸 알 수 있을 정도로만."

"지금의 나는 아무도 신뢰할 수가 없어요."

신뢰. 이 단어가 원래 이렇게 힘겨운 단어였나?

손으로 얼굴을 감싸자 깜짝 놀랄 차가움이 손바닥으로 전해졌다. 정신이 맑아질수록 변명하고 정당화하던 정호의 말이 귀를 괴롭혔다.

어깨에는 아직도 정호의 변명이 남아 있었다. 욱신거리는 어깨가 숨지 말라며 서린을 나무랐다.

태현이 깨어나서 모든 게 거짓이라고 하면 믿을 수 있어?

다 정호가 한 짓이라고, 자기는 몰랐다고 하면 그렇구나, 그렇게 생각할 거야? 정호가 한 짓도, 자기가 한 짓도 아니라고 하면 그때는?

모든 게 꿈이었다고 하고 넘어갈 수 있겠어?

분명한 건 정호와 태현이 한 명의 사람을 죽였단 사실이었다.

"태현 씨가 깨어나서 말해줘도 믿을 수 없을 거예요."

그도 정호와 똑같이 변명하고 정당화하려 들 것이다.

자기가 얼마나 힘겨웠는지에 대해선 몇 시간이고 떠들면서, 피해자의 고통에 대해선 비난하거나 함구하겠지.

진실을 알면서도 동조하는 건 공범과 다름없었다.

이 순간 서린이 할 수 있는 건 누구의 편을 드는 것이 아니라 진실을 들어주는 일이었다.

"내가 아는 정호도, 태현 씨도 다 없어졌어요. 내가 알던 모습이 진짜가 맞기는 했을까. 계속 과거를 곱씹게 돼요."

이 안에 한태현의 진짜 모습이 있다는 말.

희주의 말이 사실인지도 모른다. 자신은 너무 가까워서 보지 못했던 태현의 진짜 모습을, 다른 한 명쯤은 알고 있을 것이다.

"차가 많이 막히네요. 가는 길에 어울리는 얘기는 아닌데."

희주는 보조석 창문을 한 뼘 내렸다. 사이로 들어온 바람이 서린의 머리카락을 흔들었다.

한태현이 지곡동에 있다는 걸 전해들은 건, 심부름센터에 의뢰를 맡긴 지 하루가 지나서였다. 짜장면 가게도 아니면서 신속과 정확을 말하던 사장은 한태현의 직업과 사는 곳, 가족관계까지 서류로 만들어 희주에게 보냈다.

희주는 세세하게 정리된 한태현의 서류를 보며 오피스텔이 울리도록 웃었다.

한태현은 자로 잰 것처럼 완벽한 삶을 살고 있었다.

4년제 대학을 졸업해, 취미이던 목각 공예를 직업으로 삼아 돈을 벌었고, 3년 전인 2014년엔 1년이 조금 안 되게 만난 여자와 결혼을 했다.

서류 어디에도 절망이나 우울은 없었다.

그러나 내 삶은, 나는 어땠지?

열다섯 이후 제대로 잠을 자본 적이 없었다. 깊은 잠에 들기 위해선 약이 필수였다. 상담치료를 통해 알게 된 친구가 있었지만, 스물이 되던 해 알코올 중독에 빠져 전문병원에 입원했다.

비난받고 버려질 게 두려워 친구를 사귀지도 못했고, 남자를 만나면 허벅지를 만지던 손길이 생각나 도망치기 일쑤였다.

살아보고자 이름을 바꾸고 얼굴을 고쳤지만 달라지는 건 없었다. 배선희가 배지연이 되고, 배희주가 돼도 희주는 열다섯 배선희였다.

"오랜만이야."

한태현을 마주하기 위해 일주일이 넘는 시간을 준비했다.

얼굴을 떠올리는 것만으로 먹은 것을 게워내서 이틀 전부터는 물도 마시지 않았다.

"나한테 할 말 없어?"

"그때 그 일은 미안하게 생각하고 있어."

자비를 베푼단 얼굴로 한태현은 온화하게 미소 지었다.

서린은 밀려오는 소독약 냄새를 참으며 한태현의 말을 기다렸다.

"나도 힘들었어. 아내를 만나기 전까지 매일이 버티기 어려운 날들이었어."

허벅지 가득 칼로 그은 흉터가 있었다. 죽으려고 했던 게 아니라 살기 위해 그은 자국이었다.

"아내를 만나고 이제 더는 그런 짓을 하지 않아."

구원받았거든, 아내한테서.

한태현은 그러니 너도 그만 잊고 살란 말을 툭 던졌다.

종아리와 허벅지가 의지를 잃고 떨렸다.

끝나지 않을 일이라 여긴 게 한태현에게는 이미 끝난 일이었다.

살려달라고 외치던 열다섯의 배선희는 지긋지긋하게도 구원을 기다리는데, 어떻게 네가 구원을 받을 수 있어? 삶 전체에 남은 상흔이 아직도 따끔거리는데, 어떻게 넌 그걸 잊으라고 쉽게 말할 수 있지?

뒤엉키고 꼬인 감정과 다르게 심장이 침착해졌다. 의지를 잃고 떨리던 종아리와 허벅지도 진정이 됐다.

이서린. 희주는 서류에 적혀 있던 이름을 불렀다.

한태현의 얼굴이 그날 그때처럼 무섭게 변했다.

"이서린은 알아? 네가 어떤 인간인지?"

"아무 말도 하지 마."

"네가 나한테 했던 짓을 이서린도 알아야지."

"서린이한테 접근하면 가만 안 둬."

코웃음을 친 희주가 자리에서 일어섰다.

"네가 그때 찍은 그 영상. 화질이 떨어지기는 해도 너나 내 얼굴 정돈 알아볼 수 있겠더라."

강준성이 들고 있던 디지털카메라엔 그날의 모든 게 찍혀 있었다.

대숲과 희주. 한태현과 강준성.

"넌 영원히 존재할 거야. 날 강간한 강간범으로 죽어서도 살아야 할 거야."

소녀와 희주가 박제된 것처럼, 한태현과 강준성도 박제될 것이다.

용서도, 구원도 없다.

그날은 그렇게 남겨져 있을 뿐이다.

오피스텔에 도착했을 즈음에는 모든 이야기가 끝나 있었다.

먼저 내린 희주가 뒷좌석에서 짐을 뺐다.

서린은 한 박자 늦게 차에서 내렸다.

"지곡동으로 데려다줘요?"

짐을 든 희주가 물었다.

차를 사이에 두고 선 서린과 희주가 마주보았다.

"정호는 나한테 접근하기 위한 수단이었어요?"

"한정호랑 한태현이 별로 안 닮았다고 말했죠? 나는 한정호의 눈을 볼 때마다 한태현을 생각해요. 내 위에 올라타고, 당신한테서 구원받았다고 말하던 한태현. 나한테 서린 씨를 미워하냐고 물어봤었죠? 질문이 틀렸어요. 당신을 죽이고 싶으냐고 물어봤으면, 조금은 그렇다고 대답했을 거예요."

경고등이 시끄럽게 울렸다.

검은색 승용차가 서린과 희주를 지나 건물 출입구 쪽에 자리를 잡았다.

"정호를 통해 날 찾아온 게 나를 죽이려고 그런 건가요?"

"이서린 씨를 죽이겠단 생각은 늘 여기에 머물러요."

희주가 자신의 배꼽을 가리켰다.

"이 이상은 올라오지 않아요."

희주는 시동이 꺼지지 않는 승용차를 보다 소리를 죽였다.

"한태현을 죽이고 싶단 욕망은 항상 여기에 있는데."

희주의 손가락이 가방을 든 손목을 두드렸다.

"내가 배선희였을 때, 배지연이었을 때, 배희주가 됐을 때. 그때마다 잠시 용서를 떠올린 적도 있었어요. 뭐, 금방 없어지기는 했죠.

그게 얼마나 말도 안 되는 일이었는지 깨달았거든요."

용서를 구하는 사람이 없어서, 용서를 할 수가 없었다.

영원한 굴레이고 속박이었다. 과거로부터 벗어나고 싶어도 벗어날 수 없었다.

"내가 당신한테 접근한 건, 당신만이 허락할 수 있어서야."

이서린에게서 구원받았다 떠들던 한태현의 말을 기억한다.

이서린에게 말하지 말라며 위협하던 한태현의 표정도 똑똑히 기억하고 있다. 그 표정이 배신감과 고통으로 바뀌는 걸 보기 위해 희주는 서두르지 않고 이서린을 기다렸다. 오직 이서린만이 한태현의 구원을 거두고 벼랑으로 몰 수 있었다.

서린이 이해할 수 없다는 표정으로 입을 열었다.

"내가 뭘 할 수 있다고요?"

대답하지 않은 채 희주가 서린을 지나 출입구로 걸었다.

검은색 승용차의 시동이 꺼졌다.

엘리베이터를 기다리는 동안에도 승용차에서 내리는 사람은 없었다.

15

밤 같은 새벽.

집에서 나온 한정호가 주택가 입구를 향해 걷기 시작했다.

가로등은 시간이 지나 꺼졌고, 날이 밝으려면 아직도 한참을 기다려야 했다.

어둠은 밤과 아침 사이에 갇혀 있었다.

한정호입니다.
지금 경찰서로 가고 있으니 기다려주세요.

액정에서 나온 빛이 얼굴을 가린 어둠을 몰아냈다. 빛을 받은 얼굴이 초췌했다.

한정호입니다.

그는 적었던 문자의 뒷내용을 모두 지웠다.
액정 위에서 머뭇거리던 손가락이 허둥대다 다시 자판을 눌렀다.

한정호입니다.
자수하러 가는 길이니 조금만 기다려주세요.

전송버튼만 누르면 김지성 형사에게 보내질 문자가 액정에서 뜸을 들였다.
용기가 생기지 않는지 한정호의 엄지손가락은 아예 핸드폰 밑으로 숨어들었다.
그는 전송대신 액정을 끄고 주택가 입구 쪽에 위치한 편의점 앞에 섰다.
'내부 사정으로 쉼'이라 쓰인 종이가 문 앞에 붙어 있었다. 하는 수 없이 걸음을 돌려 길가로 나갔다. 택시를 잡아 경찰서로 갈 생각이었다.

길가에 서 있는 그의 앞으로 검은색 승용차가 와서 섰다.

뒷문에서 내린 장발의 남자가 이름을 불렀다.

"한정호?"

그가 남자를 쳐다봤다.

아주 낯설지는 않은 얼굴. 분명 본 적 있는 얼굴이라 짐작하는 사이 보조석 창문이 내려갔다.

"한정호 씨!"

열린 창문 안에서 젊은 남자가 친한 척을 해왔다.

시선이 보조석 창문으로 쏠린 틈을 타 장발의 남자가 그의 목에 스턴건을 가져다댔다.

단말마의 비명과 함께 바닥으로 쓰러진 몸이 짧게 경련했다.

운전석에서 내린 남자가 한정호를 뒷좌석에 태웠다.

남자는 바닥에 떨어진 핸드폰을 주워 운전석으로 돌아와 기절한 한정호의 엄지손가락을 터치패드에 문질렀다. 잠금이 풀렸다.

"자수하러 가는 길이니…… 병신새끼. 이 새끼나 저 새끼나 한심하기는 똑같네."

임시 저장된 문자를 삭제한 남자가 번호를 찾아 주소록을 뒤졌다.

문제가 생겼어.

희주한테는 말하지 말고 몰래 좀 와줘. 부탁해.

남자는 '서린'으로 저장된 번호를 눌러 문자를 작성했다.

전송이 완료됐단 안내 문구가 떴다.

차는 한태현이 걸어온 길을 거슬러 붉은 담으로 되돌아갔다.

16

내가 뭘 할 수 있다는 걸까.

눈을 감아도 잠은 쉬이 오지 않았다.

의식이 멀어지려 할 때마다 희주의 목소리가 의식을 잡아 깨웠다. 대체 뭘 원하는 거냐고 묻고 싶었지만 희주는 도착하자마자 작은 방으로 숨어버렸다.

차마 문을 두드릴 용기가 없어서 서린은 침대로 와 불을 끄고 누웠다.

복수라도 하려는 걸까. 복수의 과정에 필요한 게 나인 걸까.

희주가 무엇을 원하는지, 그게 대체 무엇인지 가늠이 되지 않았다.

서린은 벽을 향해 돌아누웠다.

뒤늦은 옅은 잠이 몰려왔다.

머릿속이 하얗게 표백되고 내쉬는 숨이 길어졌다.

흐느낌은 그 순간 터져 나왔다.

놀란 서린이 얼굴을 더듬었다.

손가락 끝에 느껴지는 건 메마른 피부였다.

우는 건 자신이 아니었다. 서린이 아닌 다른 누군가였다.

조심스레 정면으로 몸을 돌리고 슬쩍 실눈을 떴다. 빈 공간의 구석에서 흐느낌이 새어나왔다.

희주였다.

좁고 어두운 구석에 몸을 숨긴 희주가 서린을 보며 울고 있었다.

희주의 울음에 심장이 짓눌리는 기분이었다.

손톱이 파고드는 것도 모른 채 주먹을 쥐었다. 보면 안 될 걸 본 것처럼 눈이 절로 감겼다.

다시 눈을 뜬 건 머리맡에서 울린 진동 때문이었다.

놀라 구석을 봤지만 희주의 모습은 없었다. 구석은 처음과 같이 비어 있었다. 어느 곳에서도 희주의 흔적은 찾을 수 없었다.

서린은 허리를 일으켜 앉아 핸드폰을 확인했다. 정호에게서 온 메시지였다.

문제가 생겼어.

희주한테는 말하지 말고 몰래 좀 와줘. 부탁해.

문제?

자세한 설명은 첨부되지 않은 불친절한 문자.

희주에게는 말하지 말고 몰래 와달란 문자에 덜컥 심장이 떨어졌다. 희미해졌던 지난밤의 일이 되살아났다.

침대에서 일어나자 커튼이 쳐지지 않은 창으로 어두워지지 않는 도시의 전경이 눈에 들어왔다.

서린은 창가를 서성이다 용기 내 현관으로 갔다.

미닫이로 된 희주의 방에 귀를 댔지만 어떤 소음도 들리지 않았다.

서린이 희주의 방을 돌아보며 현관문을 열었다.

잠금장치가 돌아가자 복도로 불이 켜졌다.

큰 소리가 나지 않게끔 문을 닫고 엘리베이터 앞에 섰다. 1층에 있던 엘리베이터가 얼마 지나지 않아 15층에 도착했다.

밤이 깊으면 택시조차 뜸해지는 지곡동과 달리 서울의 중심부에
선 쉽게 택시를 잡을 수 있었다. 지곡동으로 가달란 서린의 말에 택
시기사가 규정속도를 무시하고 달렸다. 바깥은 어두웠고 아침은 오
지 않았다. 택시는 멈추지 않고 달렸다.

잠겨 있을 줄 알았는데, 대문이 열려 있었다.

서린은 마당으로 들어서서 불이 꺼진 창을 보았다. 택시를 타고
오면서 전화를 걸었지만 정호는 한 통의 전화도 받지 않았다. 문자
를 보내도 답장은 없었다.

하는 수 없이 '가고 있다'는 문자를 보내자, 정호에게서 짤막한 답
장이 왔다.

'응'

문자는 그게 다였다.

정호가 이상하다고 느꼈을 때 택시는 대문 앞이었고, 서린은 핸
드폰을 넣고 택시에서 내렸다.

현관문에 열쇠를 꽂으려는데 스륵 문이 열렸다.

서린이 현관 앞에 서서 정호를 불렀다.

"안에 있어?"

신발을 벗었다. 눅눅한 습기가 안쪽에서 불어왔다.

거실로 한 발 내딛자 축축한 무언가 발을 적셨다. 놀란 서린이 핸
드폰을 꺼내 바닥을 비췄다.

시간이 지나 굳은 피가 바닥에 고여 있었다.

웅덩이 같은 피를 밟은 발바닥은 피로 흠뻑 젖었다. 뒤로 넘어진 서린이 핸드폰을 떨어뜨렸다. 부엌에서 낮은 신음 소리가 서린을 불렀다.

"정호, 정호야."

바닥을 짚은 손목이 꺾였다. 축축한 발바닥 때문에 일어설 수가 없었다.

눈이 어둠에 익숙해지자, 거실의 모습이 드러났다.

가구는 그대로였지만 바닥이 엉망이었다. 핏자국이 소파에서 부엌까지 길게 이어졌다. 서린이 있는 현관 앞은 피가 젤리처럼 굳어 가고 있었다.

떨어진 핸드폰을 찾아 손을 움직였다. 무슨 일이 생긴 게 분명했다.

'죽어 마땅한 애들이야. 그대로 가만히 당했으면 더한 짓도 했을 거고.'

문득 지난밤 정호의 고백이 뒷덜미를 움켜쥐었다.

급한 일이 생겼으니 몰래 오라던 문자, 받지 않던 전화, 단답형 답장……

덫에 걸린 쥐처럼 뒤늦게 소리를 지른 서린이 현관을 향해 기었다. 도망쳐야 한다는 본능이 어서 집을 나서라 말했다.

죽을지도 몰라.

정호가 날 죽일지도 몰라.

끔찍한 생각이 머리를 지배했다. 무슨 상황인지 더 따지고 있을 겨를이 없었다. 살아야 했다. 살아서 이곳을 나가야 했다.

"이서린."

두꺼운 손이 기어가는 서린의 어깨를 잡았다.

그대로 굳어버린 서린이 현관을 코앞에 두고 행동을 멈췄다.

몸이 마음대로 되지 않았다. 소리를 지르며 살려달라고 빌 수도 없었다. 울대가 막힌 것처럼 꺽꺽거리는 소리만 흘러나왔다.

"날 봐야지."

주문 같은 말에 고개가 뒤로 돌았다.

손대신 올라온 사냥총의 개머리판이 무겁게 어깨를 짓눌렀다.

"날 봐."

시선이 위로 향하던 순간 개머리판이 이마를 내리쳤다. 시야가 흐물흐물해졌다.

정호일까?

발목을 잡아끄는 손이 느껴졌다.

팔과 다리가 의지를 잃고 흔들렸다. 의식이 멀어졌다.

침대였다.

침대에, 나와 태현이 누워 있었다. 태현은 걱정스러운 얼굴로 물어왔다.

계속해서 끙끙댔다고, 깨우려다 말았는데 안 좋은 꿈이라도 꿨냐면서.

나는 몸을 뒤척이다 태현에게로 돌아누웠다.

이상한 꿈을 꿨다고. 정호가 사람을 죽이고, 당신이 그걸 도왔다고.

희주라는 여자가 찾아와서 당신이 강간범이라 말했다고. 정호인지 아닌지 모르겠는 누군가 내 이마를 내리쳤다고. 그리고 눈을 뜨니 여기였다고.

내 칭얼거림에 태현은 웃었다. 실실. 히죽히죽.

그걸 꿈이라고 생각했어? 그게 꿈일 리가 없잖아.

태현의 팔이 숨 막히게 안아왔다.

몸을 움직일 수가 없었다. 품에 갇혀 질식할 것 같았다.

그건 꿈이 아니야. 사실은 이것도 꿈이 아니고. 다 현실이지. 세상에 꿈은 없어. 봐라, 서린아. 이게 꿈인 것 같아?

붉은 머리카락이 볼을 간질였다. 태현이 품에서 날 떨어뜨렸다.

기괴한 가발, 맞지 않는 원피스를 입고, 태현은 내 볼에 묻은 머리카락을 떼어냈다.

아니야, 넌 태현이 아니야. 네가 태현일 리 없어. 네가 내 남편일 리가 없어!

나는 소리치고, 또 소리치고, 계속해서 소리쳤다. 아니라고. 태현이 아니라고. 앞에 누운 태현을 부정하면서, 네가 태현일 리 없다고 비난하면서.

진짜 내가 누군데? 네 기억 속에 존재하는 게 진짜 나야? 네 기억이 진짜라고 믿는 거야? 돌이켜봐. 그날, 우리가 공사장에서 떨어진 날. 그날 무슨 일이 있었지?

나는 대답하지 않았다. 알지 못한다고, 기억이 없다는 변명이 기도에 걸려 나오지 않았다.

태현이 대답을 강요했다.

대답해봐. 그날, 우리가 왜 거기에 있었지? 네가 왜 기억을 잃었지?

……나는 죽으려고 했어.

그리고?

당신이 나를 찾았어.

맞아. 그 다음은?

당신과 함께 죽어버리려고 했어.

왜?

……당신의 비밀을 알았으니까.

공예소 공구박스에 숨겨둔 가발을, 당신의 것이 아닌 게 분명한 교복 치마와 명찰을 발견했으니까.

겨우 그게 이유야?

'겨우'가 아니야. 그걸 들고 흥분하는 당신 얼굴을 창문을 통해 봤어. 내가 아는 태현 씨가 아니었어. 누구인지 모르겠는 남자였어.

이제 전부 기억하는구나. 아등바등 기억하지 않으려던 모습도 좋았는데.

뒤에서 다가온 손이 내 목을 졸랐다.

숨이 쉬어지지 않아서 태현에게 도움을 요청했다.

살려달란 손짓이 나풀나풀 바닥으로 떨어졌다. 태현은 실실, 히죽히죽 웃으며 재미있는 쇼를 관람하듯 지켜봤다.

이건 꿈이 아니야.

태현이 말했다. 귓가로 뜨거운 숨이 끼쳐왔다.

"이제 그만 일어나야지."

서린이 눈을 떴다.

17

경찰이 희주를 찾아온 건 정오가 막 지난 시간이었다.

희주에게 신분증을 제시한 형사는 한정호와 연락이 되느냐고 물었다.

희주는 잠시만 기다려달란 말을 남기고 소파에서 핸드폰을 가져왔다.

형사 앞에 서서 직접 전화를 걸었다. 신호음은 끝나지 않았다. 전화를 받을 수 없단 안내음성이 나왔다.

"이서린 씨하고도 연락 안 됩니까?"

답답한 듯 지성이 질문했다. 희주가 서린의 번호를 찾아 눌렀다.

"안 받는데요."

한정호도, 이서린도 전화를 받지 않았다. 당황한 건 희주가 아닌 지성이었다.

"집에도 없던데. 두 사람이 어디 갈 만한 데는 없나요?"

"병원에 갔을 수도 있겠죠."

"여기로 오는 길에 확인했습니다. 아무도 안 왔어요."

"제가 도울 수 있을 게 없을 것 같은데요."

진심이었다. 한정호와 이서린이 어디로 갔을지도 짐작이 안 됐고, 전화를 받지 않으니 연락할 다른 방도도 없었다.

희주는 그만 돌아가 달라고 부탁했다.

"혹시 연락이 닿으면 이 번호로 꼭 연락 좀 주세요."

지성이 명함을 건넸다. 알겠단 대답에 지성이 뒤돌아 멀어졌다.

문을 닫아 건 희주가 명함을 쓰레기통에 버렸다. 연락이 오지도 않을 테지만, 온다고 해서 경찰에게 일러바칠 생각도 없었다.

희주는 이서린이 누워 있던 침대로 가 이불을 정리했다.

베개에 묻은 긴 머리카락을 집어 쓰레기통에 넣었다.

문제가 생겼어. 인해시 산12번지로 와줘. 부탁할게.

탈취제를 뿌리려는데 정호에게서 문자가 도착했다.

전화를 걸었지만 받지 않았다. 문자를 삭제하려다 옷을 갈아입었다.

내비게이션에 산12번지를 입력했다.

지곡동과 인접한 인해시가 목적지로 떴다.

주소를 클릭하고 기어를 풀었다. 부드럽게 핸들을 돌려 주차장을 빠져나왔다. 내비게이션의 안내를 따라 중심부를 벗어났다.

차는 서울을 빠져나와 지곡동을 지났다.

지곡동에서 인해시까지는 40분. 빨리 달리면 30분 만에 도착할 수 있었다.

인해시에 접어들자 논과 밭이 사방에 깔려 있었다.

주택이라고 해봐야 농기구를 보관하는 창고로 사용하는 것 같았고, 작은 구멍가게도 잘 보이지 않았다.

내비게이션은 목적지 근방이라며 안내를 종료했다.

핸들에 몸을 기댄 희주가 안내판을 봤다. 정호가 보내온 주소는 산으로 진입하는 좁은 오솔길을 향해 화살표를 그렸다.

비상등을 끈 차가 오솔길로 들어섰다. 포장이 안 된 도로가 흙을 튀기며 침입자를 알렸다. 5분쯤 더 가자 통나무로 지어진 작은 주택이 있었다.

산12번지.

정호가 말한 곳이었다.

차는 속도를 줄이고 통나무집 마당으로 들어가는 좁은 입구를 지났다.

차가 완전히 마당으로 들어서자 근처에서 경적이 울렸다.

쿵!

경적이 끝나기도 전에 뒤에서 강한 충격이 전해졌다.

희주의 차가 앞으로 밀렸다.

룸미러를 보자 검은색 승용차가 후진과 직진을 반복하며 희주의 차를 쳤다.

브레이크에서 발을 떼 액셀러레이터를 밟았다.

승용차를 피해 핸들을 돌렸다. 차가 승용차와 마주보며 섰다.

승용차는 나가지 못하도록 진입로를 막았다. 차에서 남자가 내렸다. 엽총을 든 남자는 다짜고짜 희주의 차에 총을 쐈다.

탕.

놀란 희주가 다시 액셀러레이터를 밟았다. 차는 전속력으로 나무를 들이받았다. 에어백이 터지고 뒤에선 또 한 번 총소리가 났다.

운전석 문이 열렸다.

에어백에 얼굴을 묻고 있던 희주가 팔을 잡아끄는 남자를 향해 주먹을 휘둘렀다.

불시의 일격에 당황한 남자가 물러섰다.

희주는 남자의 복부로 발을 올렸다.

뒤로 밀린 남자가 희주의 이마에 총구를 댔다.

"너 뭐야?"

"배짱 좋네. 질문도 하고."

이죽거린 남자가 총구로 이마를 밀었다. 희주의 머리가 뒤로 젖혀졌다.

이마로 총구의 열기가 느껴졌다. 인식하지 못했던 화약 냄새가 풍겨왔다. 희주가 눈을 내리깔았다. 사냥꾼처럼 옷을 갖춰 입은 남자가 이빨을 보이며 웃었다.

"늦지 않아야 할 텐데."

소곤거리는 목소리가 지나치게 밝았다.

"너 때문에 한정호랑 이서린은 죽을지도 모르거든."

등에 닿은 총구는 희주가 걸음을 늦출 때마다 압박을 가했다.

덥지 않은 날씨에도 목과 등에 땀이 가득 났다. 시간이 얼마나 흘렀는지도 몰랐다.

남자는 쉴 새 없이 희주를 재촉했다.

한정호가 죽을 거다, 이서린이 죽을 거다, 이미 죽어 있을 수도 있다, 피를 아주 많이 흘렸다, 이미 죽어 있던 것도 같다…….

희주는 침착하게 걸음을 세며 산을 올랐다. 높지 않고 가파르지도 않아서 힘이 들지는 않았다.

"거의 다 왔네. 저 앞에 보여?"

나무들 사이로 작은 불씨가 타올랐다. 그곳으로 다가가자 팔이 등 뒤로 묶인 정호와 서린이 쓰러져 있었다. 모닥불을 사이에 두고 누운 두 사람의 얼굴에 봉지가 씌워져 있었다.

"가서 봉지 벗겨."

총구가 희주를 밀었다.

희주는 먼저 서린에게로 갔다. 봉지에 작은 구멍이 뚫려 있었다. 숨구멍으로 뚫어놓은 듯했다.

"빨리 벗겨야 할걸. 구멍이 작아서 숨을 제대로 못 쉬었을 테니까."

목에 두른 끈을 풀어 비닐 봉지를 벗겼다. 봉지 밖으로 나온 얼굴이 엉망이었다. 눈을 뜨지 못한 서린이 가늘게 숨을 쉬었다.

"저쪽도 벗겨야지."

총구가 정호를 가리켰다.

희주는 서린을 두고 모닥불을 돌아 정호에게 갔다.

봉지가 움직이던 서린과 달리 정호의 봉지는 움직이지 않았다.

황급히 끈을 풀고 비닐을 벗겼다. 입술이 찢어지고 멍든 얼굴은 움직임이 없었다. 슬쩍 볼을 건드리자 눈썹이 반응을 보였다.

다가온 남자가 정호의 배를 발로 걷어찼다.

미약한 신음 소리가 정호의 입에서 나왔다. 정호가 힘겹게 눈을 떴다.

"이제 다 모였네. 그럼 시작할까?"

남자는 희주의 어깨를 개머리판으로 때렸다.

묵직한 통증에 희주가 어깨를 잡고 쓰러졌다.

떨어진 끈을 주운 남자가 쓰러진 희주의 등을 발로 밟고, 널브러진 두 팔을 뒤로 꺾어 끈으로 속박했다. 희주의 팔이 서린과 정호처럼 묶였다. 남자는 세 사람을 일으켜 앉혔다.

모닥불을 중심으로 남자와 희주, 정호와 서린이 동서남북으로 앉았다.

손목시계를 확인한 남자가 하늘을 올려다봤다.

"해가 떨어지려면 시간이 좀 있는데. 게임이나 할까?"

남자는 세 사람의 얼굴을 둘러보며 물었다.

정호는 붓기로 떠지지 않는 눈을 억지로 껌뻑거려 상황을 살폈고, 정신을 차린 서린은 이마에 닿았던 개머리판의 감각을 지우려 애썼다. 희주는 남자의 말을 들으면서도 둘러싼 숲을 살폈다.

"마피아게임이라고 알지? 내가 마피아라고 알려준 한 명이 이중에 있거든. 마피아를 찾는 거야. 돌아가면서 질문을 하고, 답변을 하고, 방어하고, 공격하고."

"마피아를 찾으면 뭐가 있는데?"

희주의 질문에 남자가 손으로 총을 만들어 관자놀이에 댔다.

"진 사람은 죽는 거지. 마피아가 이기면 시민들 중 한 명이 죽는 거고. 진짜 목숨이 달린 일이야. 최선을 다해야 할걸?"

"불공평해. 겨우 셋이서 하는 거잖아. 이래서 제대로 된 게임이 될 수 있어?"

"나도 게임에 참여할 거야. 누가 마피아인지 알고 있으니 직접 참여할 순 없고, 대신 배팅을 걸지."

남자는 주머니에서 지폐를 꺼냈다. 세 사람의 시선이 지폐로 모였다.

"행운의 2달러야. 난 이걸 마피아한테 걸 거고."

지폐를 팔랑팔랑 흔든 남자가 짝짝, 박수를 쳤다.

"시작 전에 자기소개 먼저 해야지. 이름과 정체를 말해. 참고로 이름은 진짜 이름을 말해야 돼."

남자와 희주의 눈이 마주쳤다. 남자가 턱을 들었다.

"너부터."

바람이 불자 숲이 울었다.

소름이 끼쳐오는 소리에 희주는 최대한 길게 숨을 참았다. 앞에 앉은 남자가 왜 셋을 납치한 건지는 몰라도 상황이 심각하단 건 누가 보아도 알 수 있었다.

특히나 저 총.

총이 진짜란 걸 알기에 섣불리 움직일 수도 없었다. 희주는 일단 그가 시키는 대로 자기소개를 시작했다.

"배희주. 시민이야."

"아니, 아니지. 진짜 이름을 말하라고 했잖아."

"이게 내 이름이야. 배희주."

"아니, 그게 아니잖아."

남자가 얼굴을 구겼다.

"진짜 이름. 네 가짜 이름 말고."

"진짜 내 이름이 뭔데?"

남자는 입을 다물었다. 나무 위로 새들이 날아갔다.

"후…… 넘어가지. 다음은 너."

지목당한 정호가 침을 삼켰다.

"한정호. 시민."

"좋아, 마지막은 너."

남자와 눈이 마주친 서린이 어깨를 떨며 놀랐다.

"시민…… 이서린."

"오케이, 소개는 끝났어. 30분 줄게. 마피아를 찾아."

엽총과 지폐를 든 남자가 자리에서 일어섰다.

엉덩이를 털고 나서 세 사람을 내려다보며 경고했다.

"서로 질문하는 건 상관없지만 움직이는 건 안 돼. 도망치려고 해도 안 되고. 걸리면 바로 쏠 거야. 그러니까 부디 평화롭게 게임을 즐기라고."

경고를 끝낸 남자는 올라온 길을 되돌아 내려갔다.

남자가 사라진 것을 확인한 희주가 정호에게 물었다.

"어떻게 된 거야?"

"모르겠어. 눈을 뜨니까 여기였어. 희주 넌 어떻게 온 거야?"

"정호 씨 번호로 문자가 왔어. 여기로 와달라고."

정호의 부은 얼굴이 찌푸려졌다.

고개를 돌린 희주가 아직도 멍한 채로 있는 서린을 불렀다.

"괜찮아요?"

"……우리가 왜 여기에 있어요?"

"나도 몰라요. 서린 씨는 어떻게 된 건지 기억해요?"

"정호한테서 집으로 와달란 문자를 받았어요. 그리고 지금은……
여기네요."

차례대로 정리를 해보면 먼저 납치가 된 건 정호였다. 정호를 납
치한 남자가 정호의 핸드폰으로 서린을 불러냈고, 그 다음 희주를
불러낸 것이다.

"누구인지 알아?"

정호가 물었다. 서린이 고개를 저었다.

"본 적 없어."

"희주, 너는?"

희주는 남자의 생김새를 떠올렸다.

치켜뜬 눈, 얇고 긴 입술, 볼에 있는 점.

누구라고 단정할 수는 없지만 처음 보는 건 아니었다.

어디에서 봤을까? 언제 마주쳤지? 생각에 잠긴 희주가 잘 모르겠
다고 대답했다. 정호가 한숨을 쉬었다.

"확실히 갔지?"

남자가 떠난 방향을 노려보던 정호가 비틀대며 자리에서 일어섰다.

절뚝이는 걸음걸이가 어떤 폭행이 있었는지 짐작하게 했다.

"풀 수 있겠어?"

서린의 앞에 서서 정호는 등을 돌렸다. 서린의 눈앞에 정호의 팔을 묶은 끈이 있었다.

"해볼게."

"서둘러야 돼요. 시간이 얼마나 남았는지 모르니까."

희주는 나무 사이를 훑으며 경계를 섰다.

매듭의 모양을 확인시켜준 다음 정호가 서린과 등을 맞대고 앉았다.

서린의 손이 정호의 매듭에 닿았다.

매듭은 쉽게 풀리지 않았다. 오랜 시간 묶여 있던 탓에 손에서 힘이 빠졌다.

엄지와 검지로 끈을 잡아 당겼지만 매듭은 끄떡도 하지 않았다. 손가락이 미끄러질수록 긴장감이 배가 됐다. 끙끙거리는 소리가 정호와 서린의 입에서 나왔다. 쥐가 날것처럼 손끝이 아렸다. 마디가 저릿하다고 느꼈음에도 매듭은 굳건했다.

그때, 멀지 않은 곳에서 나뭇잎이 바스락거리는 소리가 바람을 타고 왔다.

희주가 얼른 자리로 가라고 속삭였다. 몸을 굴려 일어선 정호가 아슬아슬하게 원래 자리로 돌아갔다.

헤드라이트를 머리에 두른 남자가 옆구리에 엽총을 끼고 나타났다.

"마피아는 찾았나?"

눈치를 본 희주가 작게 대답했다.

"시간이 부족해."

"30분이면 충분하다고 생각했는데?"

희주의 요구에 남자가 고개를 기울였다.

"겨우 30분이잖아. 누가 마피아냐고 묻고 대답하는 데만 20분이 걸렸어."

"음…… 어쩌지. 시간이 없는데. 벌써 날이 지고 있거든."

서린과 정호가 어둑해지는 하늘을 올려다봤다. 태양이 사라지고 있었다.

"마피아를 못 찾았으니 시민이 졌군."

세 사람을 번갈아 가리키던 총구가 희주를 향해 멈췄다.

남자의 손가락이 금방이라도 방아쇠를 당길 것처럼 움직였다.

미간에 겨눠지는 총구를 보며 희주가 침을 삼켰다. 까만 구멍 안에서 총알이 나설 차례를 기다리는 듯했다.

정호가 남자를 불렀다.

"기다려! 아직 마지막 진술이 안 끝났어!"

"마지막 진술?"

"시간이 끝나면 한 명씩 마지막으로 진술하잖아. 그런 다음 최종적으로 마피아가 누군지 맞추고."

"시간을 주면 누가 마피아인지 맞출 수 있어?"

바람이 불었다. 사위가 나뭇잎 소리로 가득했다. 총구를 내린 남자가 명령했다.

"좋아. 자기소개 순서대로 누가 마피아인지 말해."

첫 번째 순서는 희주였다. 섣불리 입을 열지 못한 희주가 질끈 눈을 감았다. 누구를 지목할 수도 없었고, 스스로가 마피아라고 할 수도 없었다.

남자는 진짜로 죽일 것이다. 방아쇠를 당기는 손가락에 주저함이 없는 것을 보면 남자의 확고함을 알 수 있었다.

바닥을 향해 있던 총구가 위협적으로 희주를 가리켰다.

"말하라고."

"없어."

"뭐?"

"우리 셋 중에 마피아는 없다고. 애초부터 우린 모두 시민이었어."

"그게 대답이야?"

"그래."

"그럼 넌?"

총구가 정호에게로 돌아갔다. 정호가 희주의 대답을 따라했다.

서린 역시 더듬거리며 둘의 대답을 반복했다. 총을 내린 남자가
세 사람의 얼굴을 오랜 시간 들여다보았다.

밤이 내렸다. 모닥불이 붉게 화를 내며 타올랐다.

네 사람 모두 입을 닫았다.

정적을 깨운 건 남자였다.

"시민이 졌어. 마피아는 거짓말을 잘했나 보군."

성큼성큼 걸어간 남자는 희주의 이마에 총구를 댔다.

"선택권을 줄게. 네가 죽을래, 아님 다른 시민을 죽일까?"

차가운 쇠붙이가 이마로 닿았다. 광기로 번뜩이는 남자의 눈이
도취로 일렁였다. 희주가 정호와 서린에게로 시선을 돌렸다.

"저 둘 중에 한 명은 마피아야. 널 속인 거라고."

호선을 그린 입술이 말을 이어 붙였다.

"강준성이 널 속인 것처럼."

"뭐?"

"얼른 선택해. 네가 죽을래, 다른 시민을 죽일까?"

"잠깐! 강준성이라니?"

"1분 줄게. 대답 못 하면 네가 죽는 거야."

남자가 머리를 기울이고 한쪽 눈을 감았다. 사냥감을 조준하는 모양새였다.

옆에서 서린이 희주를 불렀다. 희주의 심장이 빠른 속도로 뛰었다. 그 이유가 자신에게 겨눠진 총 때문인지, 남자가 꺼낸 이름 때문인지 헷갈렸다.

몸을 굴리면 총을 피할 수 있을까.

겨드랑이에서 땀이 났다. 여차하면 몸을 피할 각오로 희주가 어금니를 물었다.

그때였다. 매듭을 푼 정호가 남자에게로 달려들었다.

정호는 몸을 날려 남자를 모닥불 위로 밀었다.

정호의 일격에 밀린 남자가 모닥불 위를 굴렀다. 남자는 악, 외마디 소리를 지르고 흙바닥에 몸을 던졌다. 옷에 붙은 불이 쉽게 꺼지지 않았다. 남자의 팔이 자유형을 하듯 허우적거렸다. 방향을 잃은 총구가 획획 소리를 내며 남자와 함께 바닥을 뒹굴었다.

"뛰어!"

남자의 얼굴에 흙을 뿌린 정호가 서린과 희주를 일으켜 외쳤다.

"뛰어! 빨리!"

일어서려는 남자를 온몸으로 덮친 정호가 한 번 더 소리쳤다.

서린이 먼저 아래를 향해 달렸다.

서성이던 희주가 서린을 쫓아 뛰었다.

어둑해진 숲이 두 사람의 눈에 안대를 씌웠다.

얼굴 위로 실선이 그어졌다. 할퀴는 나뭇가지를 피할 여유는 없었다. 뛰지 않으면 잡힐지도 몰랐다.

희주는 손을 뻗으면 잡힐 거리에서 달아나는 서린의 등을 보았다. 긴 머리카락이 꼬리처럼 흔들렸다.

탕!

가까운 거리에서 총소리가 터졌다. 소리에 놀라 자빠진 서린이 다리를 떨었다. 뒤로 묶인 팔에서 뚜둑거리는 소리가 났다.

일어서려 해도 무릎에 힘이 들어가지 않았다. 나무뿌리에 걸려 넘어졌는지 발목이 퉁퉁 부어 있었다. 아무리 힘을 줘도 발목이 움직이지 않았다.

"서린 씨!"

뒤따르던 희주가 엎어진 서린 앞으로 손목을 들이밀었다.

묶인 매듭을 서린이 이빨로 당기자 어렵사리 끈이 풀렸다. 희주는 손목을 털고 일어나 서린을 부축했다.

통증을 참느라 이를 악물며 서린이 희주에게 기대 일어섰다.

탕!

아까보다 더 가까워진 거리에서 총소리가 또 터졌다.

희주는 서린과 함께 나무 뒤로 몸을 숨겼다.

서린의 숨이 불안정했다. 손으로 서린의 입을 막는 동시에 희주가 자신의 입과 코도 막았다.

"뛰어! 열심히 달리라고!"

원형의 불빛이 나무 사이에서 나타났다.

헤드라이트.

남자가 머리에 쓴 헤드라이트였다.

"잡히면 죽는 거야. 알겠어?"

불빛이 가까워질수록 탄내가 진동했다.

남자는 하늘을 향해 총을 쐈다. 탕!

새들이 허공으로 날아올랐다.

"미리 말해두는데 난 절대 봐주지 않아. 알겠어?"

불빛이 반대쪽으로 돌아갔다. 남자에게서 나던 탄내가 옅어졌다. 희주가 입을 막은 손을 내렸다. 떨리는 서린의 몸이 어깨로 전해졌다.

한동안 숨을 죽이고 있던 희주가 서둘러 서린의 팔을 묶은 끈을 풀었다. 경직돼 있던 어깨가 갑작스러운 움직임으로 찌르듯 아파왔다. 서린이 고개를 숙이고, 있는 힘껏 소리를 참았다.

"핸드폰 있어요?"

희주가 기대를 갖고 속삭여 물었지만, 서린은 고개를 저었다.

멀리서 총소리와 함께 짐승의 울부짖는 소리가 들렸다. 서린의 눈에 불안한 기색이 역력했다.

"밑에 차가 있어요. 거기 핸드폰도 있고요."

구름에 가려져 있던 달이 빛을 내렸다. 전보다 밝아진 숲을 확인하고 희주가 천천히 일어섰다.

"숨어 있어요. 내가 갈 테니까."

몸을 일으킨 희주가 아래를 향해 조심스럽게 걸었다. 바스락거리는 풀 소리가 긴장감을 키웠다. 뒤에서 서린의 시선이 느껴졌다.

2000걸음.

입구부터 모닥불이 있는 곳까지 희주의 보폭으로 2000걸음이었다.

얼마나 뛰었는지는 몰라도 쉼 없이 달렸으니 반쯤은 내려왔을 거란 생각이 들었다. 손을 뻗어 나무를 잡으며 희주가 한 걸음씩 밑으로 내려갔다.

높지 않은 산이다. 밤이라고 해서 위치를 잊고 헤맬 만큼은 아니란 뜻이다. 들키지만 않는다면…… 무사히 내려갈 수 있다.

차에서 내리기 직전 보조석 바닥에 떨어진 핸드폰을 확인했다.

남자가 차를 뒤지지만 않았다면, 설사 뒤졌다 하더라도 산을 벗어나면 어떻게든 방도가 생길 것이다.

희주는 보폭을 넓혀 걸었다. 비탈진 산길을 내려가며 여러 번 발을 헛디뎠다. 키가 큰 나무 사이로 몸을 숨기며 멈추지 않고 앞으로 나아갔다.

딸랑.

한참 나무 사이를 지나는데 발 밑에서 방울소리가 울렸다.

내려다보자 손가락 한마디만 한 방울이 나뭇잎 사이에 떨어져 있었다. 일부러 바닥에 떨궈둔 모양새였다.

방울을 피해 한 걸음 내딛기 무섭게 방울이 또 울렸다.

발로 나뭇잎을 치우자 방울이 곳곳에 떨어져 있었다. 족히 열 개는 돼 보였다.

덫이다.

오감이 곤두섰다. 뒤로 물러선 희주가 반대 방향으로 달리기 시작했다. 방울로부터 충분히 멀어졌다고 생각할 무렵, 코가 탄내를 맡았다. 냄새를 따라 오른쪽으로 고개를 돌리자 나무 뒤에서 남자의 안광이 번뜩였다.

"달리라고 했지. 잡히면 죽는다고."

튀어나온 남자가 희주를 덮쳤다.

희주가 바닥으로 넘어졌다.

남자의 발이 있는 힘껏 희주의 등을 밟았다. 갈비뼈가 부러진 것처럼 아팠다.

"토끼몰이보다 재미있을 줄 알았는데, 시시하네."

"······누구야, 넌?"

엎드린 자세 때문에 남자의 얼굴이 보이지 않았다.

남자가 발을 치우고 희주의 머리채를 잡았다. 남자 쪽으로 고개가 돌아갔다.

"내가 누굴 것 같아?"

헤드라이트에서 쏟아진 빛 때문에 눈이 감겼다.

"맞춰봐. 누구 같은지."

남자가 얼굴을 들이밀었다. 악에 받친 목소리가 위협적으로 들렸다.

"나도 거기에 있었어. 그날, 나도 널 보고 있었다고."

남자가 머리채를 흔들었다. 두피가 뜯어질 것 같았다.

"너도 날 기억할 거야. 나랑 눈이 마주쳤으니까. 나한테 살려달라고 빌었잖아."

바닥에 손을 짚은 희주가 모래를 한 움큼 쥐었다. 타이밍이 중요했다. 남자가 조금 더 가까워졌을 때, 그 순간을 노려야 했다.

"기억해봐. 내가 누구인지."

숨결이 가까워졌다. 희주는 모래를 홱 뿌린 뒤 나뭇가지로 남자의 눈을 찔렀다.

남자의 손에서 힘이 빠졌다. 억센 손에서 벗어난 희주가 바닥을 기었다.

"이 미친년이!"

뒤로 넘어진 남자가 눈을 뜨지 못한 채 허공으로 총을 쐈다. 총알이 나무에 박혔다.

총알을 피한 희주는 축구공만 한 돌을 들고 남자의 몸 위로 엎어졌다.

"악!"

남자의 비명이 숲을 깨웠다.

눈과 광대, 코, 입술, 이마와 턱. 돌을 든 손이 마구잡이로 남자의 얼굴을 강타했다. 그 과정에서 헤드라이트가 깨지자 불빛이 사라졌다.

달빛 아래로 살이 짓이겨지고 얼굴뼈에 금이 간 남자의 얼굴이 드러났다.

희주가 돌을 높이 쳐들었다.

공격을 막으려던 남자가 허우적거리다 엽총을 놓쳤다.

돌 끝을 물들인 피가 손가락을 타고 희주의 팔로 흘렀다. 팔에서 전해지는 뜨거움에 정신이 들었다.

"으으……."

남자의 얼굴 옆으로 돌이 떨어졌다.

희주는 남자가 놓친 엽총을 주워 그에게서 멀어졌다. 감각이 제멋대로 날뛰었다.

그대로 뒤돌아 다시 달렸다. 어디로 가야 하는지도 몰랐다. 방향도 확인하지 않고 무작정 뛰었다. 다리는 목적지를 잃은 채 무조건 앞을 향해 움직였다.

뛰어야 해.

더 빨리, 더 빠르게.

숨이 절로 차올랐다. 겁이 나서 뒤를 돌아보지도 못했다.

"아아악!"

희미한 빛이 전방에 보일 즈음 이서린의 비명이 발목을 잡았다.

거친 숨을 토한 희주가 소리가 난 방향으로 총을 들었다. 쉬지 않고 달린 탓에 폐가 찢어질 것처럼 당겼다.

급하게 산소를 들이마시자 머리가 헛도는 느낌이 들었다. 시야가 뿌옇게 변해서 앞이 잘 보이지 않았다. 총을 든 팔이 버티지 못하고 자꾸만 아래로 내려갔다.

"개 같은 년! 이리 와! 안 그러면 이서린을 죽여버릴 거니까!"

"아! 아악!"

비명소리에 정신이 들었다.

멀지 않다.

어디서 튀어나올지 모를 남자를 대비해 방아쇠에 손을 올렸다. 알코올 중독자처럼 손목이 진동했다.

………그냥 가.

마음속 깊은 곳에서, 그런 말이 희주를 유혹했다.

내려가서 신고해. 이서린을 구하겠다고 이럴 필요가 있어?

심장에 똬리를 틀었던 검은 피가 귀까지 헤엄쳐 올라왔다.

수풀이 움직였다. 희주가 수풀을 향해 총을 겨눴다. 그 사이에서 쥐 한 마리가 찍 소리를 내며 도망쳤다.

한태현을 사랑하는 여자야. 그런 여자가 널 이해하려고 하겠어?

맞다. 이서린은 한태현을 사랑하느냔 질문에 고민도 없이 그렇다고 대답했다. 한태현이 어떤 인간인지 알아도, 그건 변함이 없을까? 가족이기 때문에, 사랑하기 때문에 희주를 외면할까?

결정하지 못한 희주가 갈등했다.

스윽, 스윽.

바닥에 끌리는 소리가 점차 가까워졌다. 총구가 발발 떨렸다.

"총을 버려."

모습을 드러내지 않은 채 윤성이 마지막 기회라고 협박했다.

"이서린은 어디 있어?"

어딘가에 숨어서 주시하고 있다. 청각이 예민하게 반응했다.

"내 옆에 있어. 목에 올가미를 감아뒀거든. 힘만 주면 이서린은 죽을 거야."

어디지? 어디에 숨은 거지? 숲에서 나는 모든 소음들이 청각으로 파고들었다.

희주가 소리쳤다.

"내 앞으로 나와!"

"그렇겐 안 되지. 날 쏠 거잖아."

"마찬가지야. 총을 버리면 날 죽일 거잖아."

왼편에 있는 나무의 나뭇가지가 흔들렸다. 희주가 민첩하게 몸을 돌려 총구를 겨눴다.

"조심해. 그러다 이서린이 맞을 수도 있어."

"앞으로 나와."

남자는 대답이 없었다. 말소리가 줄어들자 어둠이 깔린 숲은 본연의 목소리를 냈다.

이름 모를 곤충들이 우는 소리, 나뭇잎이 사각거리는 소리, 바람에 흔들린 나무가 우는 소리까지. 희주는 어떤 소리도 놓치지 않게 촉각을 곤두세우고 몸을 숙였다.

"가."

서른 걸음.

딱 그 정도 떨어진 거리의 풀숲에서 목에 끈을 건 이서린이 절뚝이며 나타났다. 그런 이서린을 방패삼은 남자가 휘파람을 불었다.

"게임을 하나 더 할까?"

이서린의 손목이 앞으로 묶여 있었다. 남자와 희주가 몸싸움을 벌인 곳을 지나다 붙잡힌 모양이었다.

"진실게임을 하는 거야. 번갈아가면서 세 가지 질문을 하고, 두 개는 반드시 진실을, 하나는 거짓을 말하는 거지."

"그걸 하면 무슨 이득이 있는데?"

"네가 알고 싶어 하는 걸 들을 수 있겠지. 싫으면 말고."

남자가 이서린의 목에 팔을 두르고 밀착했다. 얼굴을 반대로 돌린 이서린이 이를 악물고 눈물을 참았다.

"좋아. 시작해."

"첫 번째 질문이야. 한태현을 죽이려고 하나?"

남자는 이서린의 고개를 억지로 돌렸다.

"……그래."

대답이 간결했다. 이번엔 희주 차례였다. 총을 거두지 않은 채 희주가 질문을 했다.

"넌 누구야?"

"질문이 너무 광범위한데?"

"날 어떻게 알아?"

"말해줬잖아. 나도 거기에 있었다고."

"거기? 거기가 어딘데?"

"첫 번째 질문은 끝났어. 내 차례야."

남자와 이서린이 차례대로 걸어왔다. 남자와 희주 사이의 거리가 가까워졌다.

"이름을 왜 바꿨지?"

남자는 눈을 크게 뜨고 희주를 쳐다봤다.

어둠 속 남자의 커다란 눈이 관자놀이를 찔렀다.

"대답해."

"벗어나고 싶어서."

희주의 대답이 마음에 들었는지 남자가 어깨를 으쓱였다.

"네 차례야."

"대숲에 대해 알아?"

아무리 바람이 불어도 땀이 마르지 않았다. 두피까지 축축했다. 총을 쥔 손바닥에서 땀이 나서 희주는 총을 놓치지 않으려 노력했다.

"알아."

서린의 무릎이 아래로 꺾였다.

남자가 올가미 끈을 쥐고 서린을 위로 당겼다. 그녀의 모습이 교수형 직전의 제물 같았다.

"아직도 날 기억하지 못하나?"

마지막 질문이었다. 두 질문 모두 진실을 말했기 때문에 마지막 세 번째 질문엔 거짓을 말해야 했다. 희주가 이서린을 쳐다봤다.

"그래."

총구는 여전히 남자를 향해 있었다.

"너 같은 건 내 기억에 없어."

희주의 대답과 동시에 서린이 머리를 뒤로 세차게 젖혔다. 빡, 하는 타격 소리가 찌르듯이 들렸다. 머리통으로 얼굴을 맞은 남자가 올가미 끈을 아래로 당겼다.

끈이 목을 졸랐다. 서린의 손이 황급히 조인 끈에 달라붙었다.

중심을 잡은 남자가 서린을 쓰러뜨리고 발로 밟았다. 남자의 발이 가차 없이 복부와 다리를 짓밟았다. 숨이 막혀 방어하지 못한 그녀는 몸을 최대한으로 굽혔다.

"멈춰!"

남자가 발을 든 채 행동을 멈췄다. 방아쇠에 손을 올린 희주가 눈짓으로 서린을 가리켰다.

"올가미를 풀어."

"네가 직접 풀어."

남자가 이서린의 등을 툭툭 찼다. 희주가 낮게 경고했다.

"네가 풀어. 안 그럼 머리통을 날려줄 테니까."

이서린의 얼굴이 보라색으로 급변했다.

쭈그려 앉은 남자가 손쉽게 올가미를 풀었다.

크게 숨을 들이마신 이서린이 목을 부여잡고 컥컥, 기침을 했다.

"강준성하고는 어떤 관계지?"

"아무 사이도 아닌데."

돌에 찍힌 얼굴이 샐쭉 웃으며 희주에게로 다가섰다.

"놀이는 끝났어."

남자의 말에 호흡이 빨라졌다. 희주의 귀가 단숨에 빨개졌다. 총구 앞에 선 남자는 이상하리만큼 당당했다. 두려울 게 없다는 식이었다.

"그 총은 딱 다섯 발이 장전 돼. 네 차에 두 발 총을 쏘고, 마피아 게임이 진행되는 동안 밑에서 총알을 장전했어. 내가 너한테 그 총을 빼앗기기 전까지…… 몇 발이나 쐈을까?"

질문은 답이 분명했다. 남자의 얼굴이 답을 말해주고 있었다.

이 총에 총알은 없다. 이건 빈껍데기에 불과하다. 남자는 처음부터 그걸 알고 있었다. 총을 빼앗긴 것도 계획의 일부였을까? 정호와 서린, 희주를 차례대로 납치한 것처럼 이미 계획된 걸까?

빈껍데기더라도 희주는 물러서지 않았다.

"그래서? 그건 내가 알 바 아니야. 총알이 있든 없든, 그건 쏴봐야 아는 거지."

희주의 도발에 순식간에 다가든 남자가 총구를 잡아 자신의 미간에 올렸다.

"그럼 쏴."

우위에 있다는 당당하고 확고한 목소리가 희주를 종용했다.

"여기서 쏜다고 네가 밑지는 것도 아니잖아? 내가 죽어버리면 그만인 거 아니야?"

남자는 지금 장난을 치고 있었다. 어린아이가 햄스터를 손에 쥐고 흔드는 것처럼. 멋모르는 아이들이 막대기로 어리고 약한 짐승을 괴롭히는 것처럼 고약한 장난을.

그 모습이 선(善)을 모르는 순수한 악(惡)처럼 순진무구했다. 결정이 필요했다. 모두가 무사히 살아나갈 수는 없었다.

희주는 총구를 내리고 남자에게 시선을 고정한 뒤 입을 열었다.

"서린 씨, 내 말 기억하죠?"

남자의 고개가 기우뚱했다.

"내 차는 커다란 나무 앞에 있어요. 앞은 찌그러졌겠지만."

거기에 핸드폰이 있다는 걸, 남자를 피해 숨은 나무 뒤에서 서린에게 말했었다. 부디 서린이 알아듣기를 바라며 희주가 총의 개머리로 손을 옮겼다.

"뛰어!"

총신이 남자의 머리를 때렸다.

주춤 물러선 남자가 자세를 잡고 희주에게로 달려들었다. 희주와 남자가 비탈진 수풀로 떨어졌다. 위에서 누르는 무게가 엄청났다.

열다섯이던 그날처럼 속박된 팔과 다리가 덜덜 진동했다. 희주의 어깨를 누른 윤성이 비웃었다.

"그때도 넌 이랬어. 한태현 밑에서 살려달라고 빌었잖아."

기억이 희주를 덮쳤다. 위를 점령한 남자가 한태현으로 보이고, 남자의 뒤로 강준성의 환영이 손을 흔든다.

"나랑 눈이 마주쳤어. 나한테도 빌었지."

희주는 그날처럼 남자의 얼굴을 외면했다.

얼굴을 보지 마.

아무것도 기억하지 마.

네 위에 있는 그걸 짐승이라고 생각해. 이건 아무것도 아니야. 그러니 조금 더 버텨.

가까스로 고개를 튼다.

흔들리는 갈대 속에 작은 고양이가 희주를 보고 있다.

갈색 눈동자. 까만 털. 작은 몸집.

아니야. 그건 고양이가 아니었어. 미소를 띤 고양이는 세상에 없어.

그럼 그건 뭐였지?

희주의 귀를 깨문 남자가 속삭였다. 그때처럼 빌어보라고.

갈대가 빠르게 흔들리고 고양이는 그곳에서 떠나지 않는다.

희주가 입을 벌린다. 도와줘. 도와줘 제발.

고양이의 눈동자가 태현을 보며 열망에 젖는다.

그때서야 갈대 사이에 몸을 숨긴 게 고양이가 아님을 깨닫는다.

몸집이 작은 아이. 소년이란 말도 헐거운 어린아이가 강간을 목격한다.

"넌 왜……."

희주는 대숲의 아이에게 말한다. 소년도 남자도 되지 않은 아이. 신기루로 남아버린 아이에게.

"이런 쓰레기가 된 거야."

안타까움이 솟구쳤다.

올바르게 자랐어야 할 아이가 이런 쓰레기가 되었다.

선(善)도 악(惡)도 모르는 아이의 세계는 그날의 일을 기준으로 성급하고 완벽하게 망가졌다.

"내가 한태현을 보면서 뭘 깨달았는지 넌 모를 거야."

윤성은 13년 전 그날을 상기했다.

나체의 남자.

남자를 향해 살려 달라 비는 여자 또한 나체였다. 남자는 절박한 여자의 손을 붙잡고 몸을 숙였다.

여자의 눈이 감겼다. 마침내 행위가 끝났을 때, 남자가 팔을 벌려 근육을 풀었다.

사냥을 끝낸 맹수가 휴식을 갖는 것처럼 나른한 행동이었다.

희주의 턱을 잡은 윤성이 자신을 바라보게 만들었다.

"그날 난, 우리가 태어난 이유에 대해 알았어. 우린 생존하도록 태어난 거야. 생존에 선이고 악이 어디 있어? 살아남은 게 선이고 죽는 게 악이지."

그날 한태현을 보며 삶의 목적을 깨달았다고, 윤성은 말했다. 생존이 자연의 순리이고 법칙이라면, 그곳에서 한태현은 신과 다름없었다고. 어떤 망설임도 없는 태도가 그런 믿음을 키웠다고.

"넌 한태현의 존재를 알리기 위한 제물이었어. 봐, 네 덕분에 세상이 어떻게 변했는지."

남자에게 맞은 몸보다, 정신을 괴롭히는 과거보다 더 큰 절망이 희주의 목을 졸랐다.

그때 신고를 하고 한태현과 강준성에게 벌을 주었더라면.

차라리 직접 그들을 죽여버렸더라면.

그랬다면 아이는 다르게 자랄 수 있지 않았을까.

그날의 일로 망가진 건 희주뿐만이 아니었다. 가족도, 친구도, 소녀도 그리고 그 아이도. 모두가 영향을 받았다. 오직 가해자인 한태현만이 멀쩡하고 행복하게 살았다.

"한태현의 취향을 알아내려고 무던히 노력했어. 한태현의 스크랩북을 훔쳐서 매일 공부했지. 한태현이 고른 여자들을 직접 보고, 한태현이 하지 못한 짓을 대신 해줬어. 작은 선물이랄까."

옥상에서 몸을 던진 소녀는 동영상을 죽기 전까지 보고 있었다고 했다.

얼마나 많은 사람들이 그 영상을 봤을까. 15층 아래로 투신한 소녀의 영상을 보며 어떤 즐거움과 기쁨을 느꼈을까.

희주는 자신을 찾아왔던 세 명의 소년들을 기억했다. 죄책감이라곤 보이지 않던 얼굴들. 지금 이 남자처럼 웃던 소년들이 떠올라 폐가 쪼그라든 것처럼 고통스러웠다.

"한태현이 억누르고 있는 걸 알았거든. 자기 취향의 여자들 물건을 훔쳐서 자기가 입고 바르는 건 잠시뿐이야. 내가 조금만 길을 터주면 바로 행동에 나설 걸 알았지."

남자가 집중하지 않으려는 희주의 목을 강하게 졸랐다 풀었다.

"강미라를 죽인 것도, 이유리를 죽인 것도 나야. 아, 이번에 죽은 휠체어 타는 년. 그것도 내 작품이야. 사람들은 감쪽같이 속아. 다 한태현이 한 짓인 줄 안다고. 그게 무슨 의미인지 알아?"

희주가 남자의 어깨를 밀었다. 남자는 고개를 숙이고 아주 작게 말했다.

"내가 한태현하고 똑같다는 거야. 이제 한태현의 취향에 대해서도 확신이 생겨."

희주의 목을 조른 남자의 팔뚝이 근육으로 꿈틀댔다.

기도가 막히자 눈에 눈물이 고였다. 혓바닥이 입 밖으로 튀어나와 산소를 찾아 움직였다. 강한 압박에 안구가 튀어나올 것 같았다.

몸에서 힘이 풀렸다. 정신을 잃지 않으려 애써도 의식은 가까워지지 않았다. 목을 쥔 악력이 어마어마했다. 여기서 죽게 될지도 몰랐다.

마지막 힘을 모아 남자의 얼굴을 잡은 희주가 손가락에 힘을 줬다. 코웃음 친 남자가 고개를 피했다.

흐려진 시야로 서린의 모습이 잡혔다. 피 묻은 돌을 높이 쳐든 서린이 남자의 정수리를 내리찍었다.

남자는 자신을 공격한 상대를 찾으려 팔을 움직였다.

남자의 거친 움직임에 서린이 돌을 든 상태로 한 발 물러섰다.

바닥을 밟고 일어서려던 남자의 다리를 희주가 붙들었다.

엎어진 남자가 희주에게 발길질을 했다. 얼굴과 어깨로 남자의 발이 꽂혔지만 희주는 포기하지 않고 남자의 다리를 붙잡고 있었다.

남자가 희주에게 집중한 사이 서린이 돌로 그의 눈과 이마를 찍었다. 남자의 왼쪽 눈에서 피가 흘렀다. 서린은 멈추지 않고 계속해서 왼쪽 눈을 공격했다.

"그만……."

그의 몸이 축 늘어졌다. 희주가 제정신이 아닌 서린을 말렸다.

"기절했어요."

"다시 일어날 거예요."

서린이 돌을 더 세게 쥐었다.

"죽이자는 말이에요?"

"다 들었잖아요. 세 명을 죽였다고 자기 입으로 고백했잖아요."

달빛이 서린에게는 닿지 않았다. 무릎으로 기어간 희주가 서린의 손목을 잡았다.

"그걸 직접 들어야 하는 사람은 우리가 아니에요."

"경찰에 잡혀봐야 금방 나올 거예요."

서린이 위로 팔을 올렸다. 막아선 희주가 서린을 설득했다.

"내려가서 경찰을 불러야 돼요. 모두 밝혀져야 그래야 살 수 있는 사람들이 있어요."

서린의 눈동자가 남자를 보며 고민에 빠졌다.

희주가 서린의 손목을 더 꽉 잡았다.

두 사람은 서린의 목을 조였던 올가미 끈으로 남자의 팔을 묶었다. 미미하게 숨을 쉬는 남자를 버려두고 둘은 산 밑을 향해 내려갔다. 얼마쯤 걷자 손톱만 한 인공 불빛이 길을 밝혔다. 통나무집에서 켜둔 전구였다.

희주를 부축한 서린이 빠르게 발을 움직였다.

집이 가까워질수록 얻어맞은 몸의 통증이 심해졌다. 여태껏 버틴 게 용할 정도로 몸 구석구석 아프지 않은 곳이 없었다. 희주의 온몸이 고통을 토해냈다. 동그란 빛이 흔들거렸다.

감각이 통증으로 둔해지자 경계심이 허물어졌다.

산 밑 평지까지 몇 걸음 안 남았을 때, 달려온 남자가 서린의 등을 밀었다.

떠밀린 서린이 통나무집에서 켜둔 전구 빛의 범위 안으로 들어갔다.

반동으로 주저앉은 희주가 큰 소리로 서린을 불렀다.

거의 동시에 남자는 통나무집을 향해 소리 질렀다.

"이서린!"

"쏴!"

통나무집 앞에 선 장발의 남자가 침입자에게 총을 겨눴다.

희주가 서린을 향해 손을 뻗었다.

탕!

총성이 날아왔다.

18

오랫동안 준성을 괴롭혀 온 건 배선희에 대한 죄책감과 강미라에 대한 책임이었다.

배선희를 속이고 강간했다는 사실과 연인인 강미라의 죽음을 모른 척했다는 끔찍함이 준성의 인생을 뇌주지 않았다.

시간이 지나며 배선희에 대한 죄책감은 익숙해졌다지만, 강미라의 죽음은 준성의 정신을 파괴시킨 촉매제가 되었다.

"CCTV에 찍히지 않게 조심해."

강미라의 오피스텔 앞에서 만난 동생은 준성을 붙잡고 충고했다. 무슨 말인지 이해할 수 없었다.

조심하라고.

왜?

그냥.

시시한 대화가 오가고, 준성이 막 오피스텔에 들어설 때 동생이 그를 잡았다.

5월의 공기가 약기운을 더 촉진시켰다. 거절할 힘이 없어 동생을 따라 집으로 간 그는 다음 날 강미라가 오피스텔 주차장에서 살해됐단 소식을 들었다.

무슨 일인지 정리가 안 됐다.

부모가 그를 식탁으로 불렀다. 점심시간이 훨씬 지난 시간이었다. 그를 제외한 가족들이 모두 식탁에 모여 있었다.

엉거주춤 의자에 앉으며 그가 물었다. 무슨 일이냐고.

그의 아버지는 아주 낮고 느린 목소리로 어젯밤에도 약에 취해 있었냐고 물었다.

평소 같았으면 신경도 안 쓰고 무시했을 아버지의 반응에 그가 진실을 말했다.

어젯밤에도 취해 있었다고.

그러자 그의 어머니가 그럴 줄 알았다며 뜬금없는 질타를 시작했다. 그 나이 먹고 그러고 싶냐, 대체 언제까지 속을 썩일 것이냐, 이 럴 바에는 그냥 죽어버려라.

갑작스런 비난과 저주에 그가 되물었다. 갑자기 왜 이러는 거냐고.

그 질문에 동생이 사진 몇 장을 건넸다.

주차장에 쓰러진 여자의 뒷모습이 아주 익숙했다. 이게 누구냐고 묻지 않아도 누구인지 알았다.

미라. 강미라가 피 웅덩이 위에 엎드려 누워 있었다.

"형이 한 거야."

"네가 한 짓이다."

"경찰이 오면 네가 했다고 해."

그는 동생과 아버지와 어머니의 말을 이해하지 못했다.

했다니? 뭘요?

순진하게 묻는 그에게 아버지가 종이 한 장을 내밀었다.

조현병을 앓고 있었다는 증거야.

그는 아무런 대답도 하지 않았다. 그저 동생이 건네준 사진만 내려다볼 뿐이었다.

어젯밤, 동생은 강미라의 오피스텔에서 나왔다. 검은 후드를 입고 검정색 청바지를 입었다. 함께 택시를 탔을 땐 어땠지?

차에 타자마자 공기가 답답하다며 창문을 내리고 최대한 멀리 떨어져 앉았다. 그때쯤에는 이미 약에 취해 환각을 보는 중이라 동생에게서 비린내가 난다는 것도 인지하지 못했다.

준성은 확실하게 알아차렸다. 지금 부모가 뭘 하려는 건지. 자신에게 무슨 짓을 할지.

걱정되는 건 자신이 그걸 멀쩡하게 버틸 수 있느냐의 문제였다.

그 뒤로 창문이 막힌 방에 갇혀 매일 세뇌를 당했다.

네가 죽인 거다. 강미라를 죽였어. 왜 죽였니? 왜 애인의 뒤통수를 깼어? 네가 한 짓을 좀 봐.

세뇌 이후에는 동생이 PCP를 내밀었다. 마취 성질이 있는 환각제였다. 다른 약물에 비해 중독이 빨라서 며칠 지나지 않아 준성의 뇌는 젤리처럼 흐물흐물해졌다.

"형이 죽였어?"

동생은 종종 PCP를 넣어 담배를 피는 준성에게 물었다.

형이 죽였냐고. 왜 죽였냐고.

이미 이성과 도덕의 경계선이 무너진 준성은 그런 질문을 들을 때마다 어깨를 움츠리고 고개를 돌렸다. 자신이 한 짓이 아니라고 여겼지만, 곰곰이 생각해보면 자신이 한 것도 같았다.

한쪽 벽을 가득 채운 강미라의 시체 사진이 그런 식의 상상력을 키웠다.

눈에 대한 환각을 보기 시작한 건 병원에 들어가기 직전이었다.

여느 날과 같이 약에 취해 잠이 든 준성이 이른 아침에 정신을 차렸다.

벽을 향해 누운 몸을 돌려 정자세로 눕자, 천장에 아주 커다란 눈 하나가 깜빡였다.

준성이 놀라 소리 지르자 눈은 꼬리를 내려 웃었다. 즐겁고 유쾌하다는 듯이. 더 해보라는 듯이.

환각으로 폭력적 증상이 가중되자 귀찮게 여긴 어머니가 병원을 알아봤다. 자신과 남편의 입김이 닿는 곳. 준성을 가둬두고 평생 꺼내오지 않아도 되는 곳으로.

그 사이에도 동생은 PCP를 들고 소풍 오듯 준성의 방을 방문했다. 늘 같은 질문이었지만 그날은 달랐다. 동생의 목소리 뒤로 미라의 비난이 덧붙었다.

"형이 죽였어?"

네가 죽인 거야. 네가 죽인 거야. 네가 죽인 거야. 네가 죽인 거야.

"형이 형 애인을 죽인 거야?"

뒤통수가 아파. 뒤통수가 아파. 뒤통수가 아파. 뒤통수가 아파.

"어딜 보는 거야?"

대답할 시간도 없이 발작이 시작됐다. 몸이 뒤틀리고 뒷목이 뻣뻣하게 굳었다. 경련하는 중에도 미라의 목소리는 끊어지지 않았다.

너 때문에. 너 때문에. 너 때문에. 너 때문에.

일주일 뒤 정신병원으로 이송됐다. 5월부터 7월까지 두 달 가까이 갇혀 당한 세뇌가 병원에서 더욱 심해졌다.

준성은 모든 걸 자신이 했다 믿었다.

허공에서 따라다니는 커다란 눈이 배선희라고 생각했고, 환청은 자신의 손에 죽은 강미라가 살인을 비난하는 것으로 믿었다.

입원한 뒤로 가족들은 찾아오지 않았다. 그는 다른 환자들처럼 그곳에서 고립되어 갔다. 나아질 리 없었고, 병원에서 나갈 수 없다는 것도 알았다.

매일매일 강미라의 환청과 싸우고, 눈을 향해 주먹질을 하던 평범한 날.

동생이 그를 찾아왔다. 2년만의 상봉이었다.

이제 그는 완벽하게 망가져서 동생의 폭력도 막아내지 못했다. 그의 동생은 그를 자주 욕조에 집어넣었다. 그가 어릴 때 동생에게 한 짓이었다.

앨범 하나가 그의 무릎 위로 떨어졌다. 동생이 이중에 뭐가 제일 취향에 가깝냐며 선택권을 주었다. 파일 속에 온갖 것들이 담겨 있었다. 그는 대충 하나를 찍었다. 그게 동생의 살생부이자 한태현의 수집품이라고는 생각지도 못했다.

4월의 밤.

동생은 차 앞을 지나는 남자와 여자들을 기억하라 강요하며 인상착의를 외우게 했다.

그는 충실하게 세 사람의 얼굴을 외웠다. 남자는 하얗고 키가 크지만 덩치가 작았다. 머리가 긴 여자는 준성만큼 말랐고 멀리서도 알 수 있을 정도로 눈이 컸다.

그리고 단발머리의 여자는……

요즘은 나타나지 않던 커다란 눈이 단발머리 여자의 눈에 박혀 있었다. 준성이 한눈에 배선희를 알아봤다. 약으로 중단된 환청이 슬그머니 귓가를 간질였다.

"누구든 내려오면 쏴."

"누구든?"

"그래, 누구든. 그게 누구든 상관없으니까 머리를 날리라고."

그의 동생은 어릴 적 사냥을 즐기던 조부의 별장에 짐을 풀었다.

헤드라이트와 엽총 두 자루, 엽총에 맞는 탄환이 바닥에 전시됐다.

엽총 한 자루를 건네받은 그가 중얼거렸다.

누구든. 누구든 내려오면 쏴라. 그게 누구든 상관없다. 누구든 쏴야 한다.

동생이 산 위로 떠나고, 그는 오랜 시간 침입자를 기다렸다.

마침내 해가 지고 밤이 깊어갈 무렵, 침입자가 나타났다.

그는 망설이지 않고 총을 조준했다.

누구든. 누구든 내려오면 쏴라. 그게 누구든 상관없다. 누구든 쏴야 한다.

탕!

총에 맞은 여자가 피를 뿜으며 쓰러졌다. 강렬한 피가 강미라를 소환했다. 작게 속삭이는 목소리가 그를 괴롭혔다.

네가 죽인 거야. 네가 죽인 거야. 네가 죽인 거야. 네가 죽인 거야.

"아니야!"

뒤통수가 아파. 뒤통수가 아파. 뒤통수가 아파. 뒤통수가 아파.

"입 다물어! 강미라, 이 쌍년! 이 개 같은 년!"

너 때문에. 너 때문에. 너 때문에. 너 때문에.

"그만해! 그만해! 죽여버릴 거야! 또 죽일 거야!"

환청이 서로 섞여 알 수 없는 말이 되었다. 동생이 그를 향해 소리쳤지만 그는 환청 외에 아무것도 듣지 않았다. 강미라의 목소리가 크고 선명하게 뇌를 쑤셨다.

네가 죽인 거야, 뒤통수가 아파, 너 때문에, 너 때문에.

"죽어버릴 거야……."

총구가 돌아 그의 턱에 겨눠졌다.

19

학교에서 옳고 그름을 결정짓는 건 늘 윤성의 몫이었다. 교복을 입기 시작한 나이부터 그는 언제나 다른 아이들보다 앞서 나갔고, 반을 통솔했다. 모두들 그의 말을 믿었고, 그의 주장을 따랐다. 당연한 이치였다. 윤성은 완벽하게끔 만들어진 인간이었으니까. 누구에게도 손가락질 받지 않고, 고개 숙이지 않도록 설계된 완벽한 인간. 그게 강윤성이었다.

겉보기에 윤성의 삶은 완벽해 보였지만, 정작 그가 느끼는 자신의 삶은 지루함과 권태로움의 연속이었다. 제압할 필요도 없이 모두가 고개를 숙였다. 삶이 완벽하게 세공되어 갈수록 따분함이 심해졌다. 그래서 윤성은 대숲을 찾았다. 갈대 사이에 숨어 눈을 감으면 오싹한 흥분이 아킬레스건을 타고 정수리까지 올라왔다. 자신에게 빌던 나체의 여자를 떠올리면 사정감이 차오르고 숨이 가빠졌다. 마지막으로 한태현이 했던 것처럼 기지개를 켜고 근육을 풀면 쌓여 있던 흥분감이 해소되고 묘한 만족감이 채워졌다. 윤성에게 대숲은 중독이자 강윤성이란 인간을 모두 꺼낼 수 있는 유일한 공간이었다.

불행하게도 이 작은 일탈은 대숲이 있던 자리에 실내체육관이 지어지면서 더는 이어갈 수 없었다.

터전을 잃은 열여섯 소년은 새로운 성전을 찾기 위해 자신의 신(神)을 찾기로 결심한다.

그가 자신에게 새로운 터전을 마련해주기를 바라며.

진정한 삶의 목적을 알려주기를 기도하며.

***

장발의 남자가 쏜 총알은 서린의 왼쪽 어깨를 뚫었다.

바닥으로 피가 쏟아졌다.

총을 난사할 거란 예상과 달리 더 이상의 총소리는 없었다. 준성은 총구 위치를 바꿔 허공을 향해 소리치기 시작했다.

그 모습을 보던 윤성이 낮은 목소리로 욕을 지껄였다.

세 사람을 사냥한다는 흥분감에 도취되어 놀려던 게 이서린, 배희주가 지금까지 살아남은 기회가 됐을 줄이야. 완벽한 즐거움을 위해 여러 번 기회를 준 게 실수였다.

사냥한다는 기쁨에 취해 준성이 어떤 놈인지, 얼마나 쓸모없는 놈인지 깊게 고민하지 않은 게 발목을 잡았다. 차라리 착란 상태에 빠져 총이나 갈겼더라면. 겨우 한 발 쏴놓고 저런 행동을 한다는 게 한심했다.

"어디 가려고?"

윤성은 일어서려는 희주의 등을 발로 찼다. 양손이 묶인 탓에 힘이 온전히 실리지는 않았지만, 휘청거린 몸은 손쉽게 무너져 내렸다.

몸부림치는 희주의 등을 밟으며 그가 소리쳤다.

"내가 말했지. 열심히 도망가라고. 이제 다 끝났어."

윤성의 발이 위협적으로 희주의 머리를 건드렸다.

축구공처럼 뻥 차줄까? 킬킬거리며 뱉어낸 농담에 희주가 몸을 흔들었다.

그대로 발을 들어 올려 머리를 내리찍으려던 찰나.

탕!

총성과 함께 무언가 터지는 소리가 날아들었다. 발을 든 상태 그대로 윤성의 고개가 준성 쪽으로 돌아갔다.

마당 한쪽이 붉게 조각난 살점으로 가득했다. 흩뿌려진 피가 윤성의 바짓단에까지 묻어 있었다. 정신이 그쪽으로 쏠린 사이 팔에 힘을 준 희주가 상체를 일으켰다.

"으아악!"

희주는 괴성과 함께 몸을 굴려 윤성의 발밑에서 빠져나왔다. 윤성이 중심을 잡지 못하고 비틀거렸다. 무릎에 힘을 줘 일어난 희주가 윤성을 향해 몸을 던졌다. 피할 사이도 없이 희주에게 밀린 윤성이 뒤로 쓰러졌다.

그 위에 올라탄 희주가 엄지손가락으로 윤성의 눈두덩을 눌렀다. 둥근 안구가 만져졌다. 그대로 힘을 주자 고통스러운 비명이 윤성의 입에서 흘렀다.

묶인 두 팔이 제 역할을 하지 못했다. 윤성은 고개를 흔들며 저항했지만 우위를 점령한 건 희주였다.

손가락이 금방이라도 살덩이를 찢고 헤집을 것처럼 깊이 들어갔다. 윤성의 입이 크게 벌어졌다. 그 안에서 축축하게 젖은 붉은 혀가 물고기처럼 움직였다.

"비켜! 비켜 미친년아!"

"강준성하고 무슨 사이야!"

"으악! 악!"

대답대신 지른 비명이 힘을 준 희주의 손가락을 더욱 자극했다. 윤성의 눈 주변이 고통으로 붉게 변했다. 같은 질문이 반복됐다. 대답은 없었고, 비명만이 길고 지루하게 뿜어졌다.

도리질 치던 윤성의 머리가 일순간 옆으로 돌아갔다. 눈을 더 세게 눌러도 반응이 없었다. 조심스럽게 손을 목으로 옮긴 희주가 윤성의 목을 졸랐다. 여전히 반응은 없었다.

후들거리는 무릎을 지탱해 일어서자 늘어진 손에서 진동이 느껴졌다. 강한 악력을 유지하던 손이 제멋대로 떨려왔다.

무릎이 굽혀지려는 걸 겨우 참아내며 쓰러진 서린에게로 갔다. 어깨를 부여잡고 늘어진 서린의 얼굴이 퉁퉁 부어 있었다.

다행히 의식은 있는지 서린이 어떻게 된 거냐고 물었다.

희주는 아직 모르겠다는 대답을 간신히 하고 멀리 쓰러져 있는 장발 남자에게로 다가갔다.

군데군데 바닥에 떨어진 살점들이 좀 전에 들린 총성을 설명했다. 코와 입을 막고 희주가 뒤통수가 부서진 남자 옆에 섰다.

소독약 냄새.

비린내 사이로 익숙한 냄새가 통각을 자극했다.

강준성에게서 나던 소독약 냄새가 장발의 남자에게서 났다.

침을 삼키고 희주가 남자의 머리카락을 치웠다. 해골처럼 윤곽이 드러난 얼굴이 멍하니 허공을 응시했다.

깜빡임도, 내쉬는 숨도 없었다. 크게 뜨인 눈이 금방이라도 감길 것 같았다. 그 생소하고도 익숙한 얼굴에 숨이 멎은 건 희주였다. 헛구역질을 한 희주가 엉덩방아를 찧었다.

강준성.

장발의 남자는 강준성이었다. 엉망인 모습이기는 하지만 희주는 알아볼 수 있었다. 아무리 변한다 한들 잊을 수가 없는 존재였다.

"이제 알았어?"

놀란 희주가 강준성이 쥔 엽총을 들고 뒤를 돌았다. 총구가 표적을 찾지 못하고 흔들렸다.

서린에게로 절뚝이며 다가선 윤성이 화풀이를 하듯 그녀의 머리를 발로 찼다.

"그게 강준성이야. 존재가치가 없는 놈이지."

그는 희주가 보란 듯 서린의 어깨를 자근자근 발로 밟았다. 서린의 울음소리가 사방으로 뻗어갔다.

희주가 윤성을 향해 총구를 조준했다.

"그만해."

"쏘려고? 그래 쏴. 너 같은 거 말을 듣느니 차라리 뒈지는 게 낫지."

발을 든 윤성이 무서운 기세로 서린의 몸을 내리찍었다.

웅크릴 기력도 없는 서린의 몸이 발길질에 속수무책으로 당했다.

탕!

방아쇠가 당겨졌다. 발길질을 멈춘 윤성이 좌우로 고개를 움직이곤 성큼성큼 희주 쪽으로 걸어왔다.

눈앞이 흐려져서 조준이 되지 않았다. 윤성의 모습이 두 개로 늘었다가 세 개로 늘기를 반복했다. 연달아 두 발을 더 쐈지만 모두 오발탄이었다.

"네가 죽고 싶어서 비는구나, 아주."

윤성이 총대를 잡아 옆으로 던졌다. 허무하게 빼앗긴 총을 아쉬워할 새도 없이 목이 졸렸다. 이번에야말로 반드시 죽이겠단 의도가 느껴졌다. 목이 마비될 정도로 힘이 실린 손이었다.

"죽기 전에 하나 말해줄게. 마피아는 한정호였어. 쓰러져 있을 때 말해줘서 그런지 본인은 못 들은 것 같았지만."

희주의 손끝이 땅을 더듬었다. 목을 조른 악력이 강해질수록 더듬는 손길이 느려졌다. 몸에서 힘이 빠지는 게 느껴졌다. 물 위에 누운 것처럼 아늑하고 포근한 느낌이 등을 감쌌다.

이렇게 죽어버리는 걸까.

눈이 속수무책으로 감겼다. 아무리 땅을 더듬어도 아무것도 느껴지지 않았다. 소음들이 하나로 뭉쳐졌다. 몸이 중력을 이기지 못하고 끝없이 가라앉고 있었다.

"희주 씨!"

의식이 끊어지기 직전 서린이 부르는 소리가 날카롭게 고막으로 파고들었다. 감기던 눈이 떠지고 손끝으로 차가운 총대가 만져졌다.

"잘 가라고. 응?"

온 힘을 다해 총대를 잡은 희주가 그대로 윤성의 어깨에 총구를 댔다.

짧은 순간 윤성이 인상을 구겼다.

방아쇠에 오른 손가락이 안으로 당겨졌다.

탕!

어깨를 잡은 남자가 신음과 함께 뒤로 넘어갔다.

오솔길로 경찰차 두 대가 들어왔다.

서린이 희주의 차에 기대 눈을 감았다.

에필로그

1

지성은 고개를 젖히고 하늘을 올려다봤다. 혹한을 앞둔 하늘이 짙은 회색이었다. 우산을 챙기라던 기상캐스터의 말이 뒤늦게 생각 났다. 화이트 크리스마스가 되려나? 지나가던 커플이 하늘을 올려다보며 말했다. 지성은 커플의 말을 따라 중얼거렸다. 화이트 크리스마스. 올해 크리스마스엔 아들의 바람대로 눈이 내릴지도 몰랐다.

극장 안으로 들어가자 훈훈한 공기가 몸을 데웠다. 지성은 아들을 기다리는 동안 새로 개봉한 영화 포스터들을 눈여겨 살폈다.

눈에 들어온 건 크리스마스를 맞아 개봉한 판타지 영화였다. 아들이 좋아할 만한 영화란 생각에 시간과 좌석을 확인하니 아들이 도착하면 얼추 볼 수 있을 듯했다. 핸드폰을 꺼낸 지성이 아들의 번호를 찾아 눌렀다.

신호음이 세 번 정도 이어지고 아들의 목소리가 들렸다. 어디쯤 왔냐는 물음에 곧 도착한다는 답이 돌아왔다. 지성은 영화 제목을 불러주고 아들의 의견을 물었다. 잠시 말이 없던 아들이 괜찮을 것 같다고 대답했다. 지성은 전화를 끊고 표를 예매했다.

아들과의 만남은 8개월 전부터 다시 이어졌다. 먼저 전화를 건 사람은 지성이었다. 인해시 사건으로 눈코 뜰 새 없이 바쁜 시기였는데, 불쑥 아들이 떠올랐다. 뚜렷한 이유도 없이 아들에게 전화를 걸었다. 받지 않으리란 걱정과 달리 아들은 신호음이 끊어지기 전에 전화를 받았다.

"밥 먹었니?"

밤 10시. 이미 한참 전에 먹었을 저녁이지만, 아들은 귀찮아하지 않고 대답했다.

오랜만에 엄마랑 나가서 외식했어요.

그래. 뭘 먹었는데?

피자랑 파스타요.

전화는 그렇게 시작됐다. 인해시와 지곡동을 오가며 사건을 조사할 때도, 병원에 입원한 이서린과 배희주를 찾아가 인해시에서의 일에 대해 물었을 때도 지성은 아들과 짧게 통화했다. 별다른 내용도 없었고 길지도 않았지만 그는 꾸준히 전화를 걸었고, 아들은 꾸준히 전화를 받았다.

2019년 5월 27일.

인해시 사건으로부터 딱 한 달이 지난 시점에 지성은 아들을 찾아 학교로 갔다. 학교가 끝나 나오던 아들은 그를 보고 놀란 얼굴을 했다. 표정이 막 걸음마를 뗀 아기와 비슷해서 그는 걱정도 잊고 크게 웃었다.

그날의 재회가 크리스마스를 앞둔 지금까지 지속됐다.

영화는 그의 생각보다 재미있었다. 주인공이 책 속으로 빨려 들어가 책의 인물이 되어 악당을 물리치는 모습이 유치하지 않고 기발했다.

다 먹은 팝콘 통을 쓰레기통에 버리고 아들과 함께 극장 밖으로 나오자 눈이 내렸다. 발끝을 보던 아들이 눈을 보곤 입을 벌렸다. 지성이 손을 뻗어 내리는 눈을 잡았다. 아들의 얼굴에 생기가 돌았다.

"기분이 어때? 곧 중학생이 되는데."

연말을 맞은 도로는 차로 가득했다. 움직일 생각이 없어 보이는 차들을 물끄러미 보던 지성이 옆에 탄 아들에게 질문했다. 아들은 창밖을 보다 입을 열었다. 나쁘지 않다고. 늘 미지근한 반응이었지만 학교생활에 대해선 더 반응이 없었다. 아들이 학교에 적응하지 못하고 있다는 건 수영을 통해 이미 알고 있었다. 그는 조심스럽게 말을 골랐다.

요즘도 축구 하니?

가끔요.

나중에 같이 할까?

나쁘지 않네요.

창밖의 눈발이 거세졌다.

아파트에 도착한 건 그가 예상한 것보다 삼십 분이나 지나서였다. 아들은 느릿하게 안전벨트를 풀었다. 히터를 틀어둔 탓에 콧등에 땀이 맺혔다. 점퍼 지퍼를 올린 아들이 지성을 향해 몸을 돌렸다.

"아빠."

아들의 부름에 심장이 뚝 떨어졌다. 얼마 만에 들어본 단어인지 헤아릴 수도 없었다. 지성은 대답도 하지 못한 채 아들을 응시했다.

이제는 소년티가 나는 얼굴이 제법 지성과 닮아 있었다.

"조심히 가세요."

그게 아들만의 표현방식이라는 걸, 그는 알고 있었다. 지성이 아들을 걱정하는 것처럼 아들 역시 지성을 걱정했다.

차에서 내린 아들이 종종걸음으로 사라졌다. 편하게 등을 기댄 그가 아들과 봐온 영화 제목들을 떠올렸다. 관람한 날짜까지 생생했다.

지성의 차는 경찰서가 아닌 병원으로 달렸다. 거세진 눈발로 차들이 속도를 줄였다. 오후 열 시가 다 돼 병원에 도착한 그는 엘리베이터에 타 8층을 눌렀다. 숫자가 바뀌는 것을 보며 그는 8개월 전 인해시에서 벌어진 사건을 회상했다.

한정호와 강준성이 죽었고, 이서린과 배희주, 강윤성은 심각한 부상을 입은 채 발견됐다. 걱정과 다르게 금방 의식을 차린 이서린이 사건에 대해 진술했다. 강윤성이 세 사람을 납치했고, 한정호를 죽였으며, 지곡동에서 있었던 연쇄살인을 저지른 진범이라고.

그녀는 진술 도중 말을 멈추고 고민하다 한정호에 대한 증언도 추가했다. 수사팀은 전력을 보강해 사건이 벌어진 야산과 강윤성의 집을 뒤졌다. 증거물들이 속속 나왔다.

"한정호와 강윤성의 수법이 너무 똑같은데. 공범이 아니라고요?"

형사의 의문에 이서린은 차분하게 모든 걸 설명했다. 강윤성이 한태현의 주변을 맴돌았고, 한태현의 은밀한 취미를 알게 된 안소리와 김지수가 협박했으며, 그걸 알게 된 한정호가 형을 위해 안소리를 죽였다고. 세 번째 피해자인 안소리는 한정호가 죽인 게 맞지만, 그 외의 사건들은 강윤성이 한 짓이라고.

"오늘도 오셨네요?"

데스크에 있던 간호사가 지성에게 알은체했다. 꾸벅 인사까지 한 지성이 소등을 시작한 복도를 쳐다봤다.

"금방 나올게요. 잠시면 됩니다."

그는 간호사에게 부탁하고 801호실로 들어섰다. 한태현의 얼굴로 스탠드 빛이 쏟아졌다. 침대 옆에 선 지성이 가죽만 남은 한태현의 손목에 시선을 고정했다.

"이서린 씨는 멀리 떠났어."

사건에 대한 조사가 마무리됐을 쯤, 이서린은 커다란 캐리어를 끌고 지성을 찾아왔다. 남은 일들을 부탁한다며 고개를 숙인 그녀는 앞으로 어쩔 거냔 그의 질문에 또박또박 대꾸했다.

"버티고, 버텨서 끝까지 살아남아야죠."

"멀리 떠나는 겁니까? 이런 질문은 좀 그렇지만…… 한태현은 어쩌고요?"

"깨어나지 않았으면 좋겠어요. 한태현은 영원이 침대에 구속돼 살아야 해요."

남편을 의심하냐고 묻던 아내의 모습은 보이지 않았다.

지성은 택시를 잡아 떠나는 이서린의 뒷모습을 오랫동안 지켜봤다. 벌써 한 달도 전의 일이었다.

"당신이 깨어나지 않았으면 하더군. 영원히 지금처럼 살았으면 한다고."

한태현은 이곳에서 끊임없이 말라가다 기어코 숨을 거두겠지. 앞으로 이 병실을 찾아오는 사람은 경찰과 의료진을 제외하면 없을 것이다. 구치소에 수감된 강윤성을 찾아오는 이가 없는 것처럼.

"이제 당신을 지탱해줄 사람은 없어."

한정호는 죽었고, 이서린은 떠났다.

한태현을 기다리던 이들은 사라졌다.

그는 등을 돌려 병실을 나왔다. 불이 꺼진 복도가 조용했다. 당직을 서던 간호사가 잘 가라며 인사를 건넸다. 마주 인사한 그가 엘리베이터 몸을 실었다.

문득 그런 생각이 들었다.

한태현과 한정호.

강준성과 강윤성.

그들 중 한 명이라도 피해자에게 죄책감을 느끼고 잘못을 바로잡으려 한 사람이 있었더라면, 이 모든 게 조금은 달라질 수 있지 않았을까?

꼬리잡기처럼 이어진 그들의 관계가 애초에 시작도 되지 않았더라면, 어쩌면 모두가 살 수 있었을지도 모른다.

땡 소리와 함께 엘리베이터 문이 열렸다.

지성은 주차된 차를 향해 뛰었다.

그 시각 간호사는 바이탈 체크를 위해 801호실로 들어갔다.

의식이 없는 남자에게서 느껴지는 오싹함을 애써 지우며 맥박과 호흡을 확인했다. 모든 게 정상수치였다. 맥박과 호흡도 안정적이었고 별다른 이상 징후도 보이지 않았다.

스탠드 불을 한 단계 낮춘 간호사가 병실을 나왔다.

그녀의 모습 뒤로, 남자의 두 눈이 잔상처럼 따라붙었다.

이채를 띤 눈동자가 숨을 죽였다.

2

눈은 도시를 잡아먹겠단 기세로 쏟아졌다. 기록적인 폭설이란 말이 심심찮게 들려왔다.

희주는 신발을 적신 눈을 털어내고 우산을 접어 비닐을 씌웠다. 건물 입구에 서 있던 안내원이 문을 열어주며 눈인사를 해왔다. 어색하지 않게 웃어준 뒤 에스컬레이터로 곧장 걸었다.

곳곳에서 아이들의 웃음소리가 들려왔다.

"오른쪽으로 들어가시면 됩니다."

산타 모자를 쓴 직원이 표를 건넸다. 표를 받아든 희주가 뒤로 길게 늘어선 사람들을 보며 자리를 비켰다.

꼬박 두 달 만에 돌아온 서울이었다.

전국 곳곳을 돌아다니는 동안 흐른 시간이 63일. 처음엔 사람들을 피해 숨었고, 그 다음엔 발길이 닿는 곳으로 떠났다. 그렇게 정처 없이 서울을 떠나 있는 동안 인해시 사건은 잠잠해졌고, 방송국도 더는 희주를 찾지 않았다. 뉴스는 늘 자극적인 사건들을 보도했고, 사람들의 관심은 인해시 사건에서 새롭게 터진 강력사건으로 옮겨 갔다.

모든 건 차분하게 잊혀져 가고 있었다. 그게 나쁜 일인지 좋은 일인지는 알 수 없었지만.

"안내 말씀드립니다. 3시 30분부터 중앙광장에서 수중공연이 시작되오니 관람을 원하시는 분들께서는 차례를 지켜 객석에 앉아주십시오."

창에 붙어 물고기를 구경하던 아이들이 안내방송을 듣곤 터널 밖으로 뛰어갔다. 그 뒤를 어른들이 뒤따라갔고, 남아 있던 연인들은 천천히 걸음을 옮겨 터널을 빠져나갔다.

희주는 한순간 텅 빈 해저터널을 훑으며 반대편을 향해 걷기 시작했다. 일렁이는 푸른빛 속에서 물고기들이 유유히 헤엄치며 희주의 위를 지나갔다.

서울로 돌아가겠다, 마음을 먹은 건 서울을 떠난 지 62일째가 되던 밤이었다.

특별한 이유가 있었던 건 아니었다. 그저 가만히 눈을 감고 있다 불현듯 이제는 그만 갈 때가 됐단 생각이 들어서였다. 희주는 그대로 일어나 모텔 방 곳곳에 펼쳐둔 옷을 정리해 가방에 담았다. 전등이 깜빡이며 제 수명을 알렸지만 개의치 않고 가방을 챙겨들었다.

허름한 현관에 서서 운동화에 발을 넣었다. 차가운 기운이 발가락 끝에 닿았다. 그대로 손에 든 가방을 떨어트리고 무릎을 굽히고 앉아 엉엉 울었다.

비로소 모든 게 끝난 밤이었다.

걸음은 열대어들이 모인 구역에서 멈춰 섰다. 화려한 색의 열대어들이 물감이 퍼지듯 움직였다. 그 앞에 선 여자아이 한 명이 손으로 열대어를 가리켰다. 아이는 희주를 돌아보며 물었다.

예쁘죠?

응?

색이 예쁘죠? 꽃잎 같죠?

아이가 가리킨 곳에서 빨간 열대어가 하늘거렸다. 푸른 물빛 속에 선명한 붉은 열대어가 도장처럼 흔적을 남기며 움직였다. 아이는 천진하게 질문했다. 예쁘지 않아요?

멀리서 사람들의 환호소리가 터졌다. 쇼가 절정에 달했는지 환호와 박수가 길게 이어졌다.

아이는 대답 없는 희주에게서 흥미를 잃었는지 중앙광장 쪽으로 달려갔다. 높이 묶은 아이의 머리카락이 총총거리며 튀어 올랐다. 희주는 멀어지는 아이를 보다 수족관 가까이로 다가섰다.

열대어는 아이의 말처럼 붉은 꽃잎처럼 보이기도 했고, 물속에 떨어져 퍼져가는 핏방울처럼 보이기도 했다. 어떻게 보면 살아있는 존재 같았고, 또 어떻게 보면 죽어가는 것 같았다.

예쁘죠?

언젠가 상담실에서 나눈 소녀와의 대화가 떠올랐다. 소녀는 하얀 도화지 위에 빨간색으로 가득 찬 동그라미 두 개를 그리고 희주에게 말했다.

전 다음에 붉은색 물고기로 태어나고 싶어요.

소녀의 장난 같은 태도에 희주가 이유를 물었다.

그냥…… 붉은색이 꼭 살아있다고 증명하는 것 같잖아요.

증명.

살아있음을 증명하는 선명한 붉은색.

희주는 소녀가 말했던 '살아있음'을 찾아 시선을 올렸다. 제자리에서 맴돌던 붉은 열대어가 일정한 속도로 멀어져갔다.

멀리서 사람들의 환호소리가 다시금 터져 나왔다. 연이어 박수 소리와 함께 공연이 끝났음을 알리는 알람 소리가 수족관 내에 퍼졌다.

중앙광장에서 한 무리의 사람들이 빠져나왔다.

희주의 붉은색 가디건이 사람들 사이에 섞여 더는 눈에 띄지 않았다.